SOUVENIRS

D'UN

GALINISTE

PAR J. CHAPTAL

Ancien Élève de l'École Normale supérieure, Professeur de
physique au-Lycée de Nimes

NIMES

DE L'IMPRIMERIE DENIS ROGER

Boulevart Saint-Antoine, 2

1860

SOUVENIRS

D'UN GALINISTE

V

NIMES. — TYPOGRAPHIE D. ROGER.

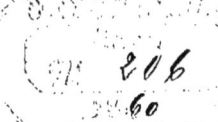

SOUVENIRS

D'UN

GALINISTE

PAR J. CHAPTAL

Ancien Elève de l'Ecole Normale supérieure, Professeur de
physique au Lycée de Nimes

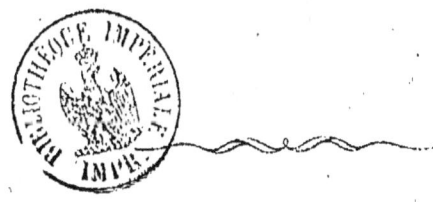

NIMES

A LA LIBRAIRIE DE PEYROT-TINEL

1860

A M. EMILE CHEVÉ

MON VÉNÉRÉ MAITRE

Hommage de reconnaissance et de vive affection

SOUVENIRS

D'UN GALINISTE

L'un de nos journalistes les plus estimés, que l'École normale supérieure s'honore d'avoir compté parmi ses élèves, et l'Université parmi ses professeurs, M. Prévost-Paradol, vient de publier une nouvelle édition du livre de Samuel Vincent : « *Du Protestantisme en France.* » Dans cet ouvrage, le vénérable pasteur de l'Église de Nîmes consacre tout un chapitre, le XVIIe, aux « moyens d'agir sur les masses pour y ranimer *le sentiment religieux.* »

« La prière, dit Samuel Vincent, est en quelque
» sorte une musique de l'âme. C'est un moment
» passé hors de la terre dans le monde des esprits. Il
» faut qu'elle soit libre et pure, comme ces accents
» mélodieux qui vont nous remuer, nous attendrir,
» nous ravir au-dessus de la terre et nous arracher
» de douces larmes, sans que notre esprit puisse ex-
» pliquer ni comprendre d'où vient la délicieuse émo-

» tion qu'il éprouve. Ce sont là les mystères de l'âme,
» dont la raison ne fut jamais l'interprète, mais dont
» la musique et la poésie nous font goûter le charme
» secret.

» Celui qui ne sent pas ces choses ne peut com-
» prendre l'influence que le chant saurait exercer dans
» le réveil de la religion, dans les âmes, et les rapports
» intimes qui se trouvent entre les effets de la musique
» et les émotions religieuses. Tout ce qui est senti-
» ment, imagination, affection, foi; c'est-à-dire,
» tout ce qui, dans l'âme, est indépendant de la
» raison; c'est-à-dire encore, tout ce qui l'émeut
» davantage, tout ce qui exerce sur elle l'influence la
» plus irrésistible, a des rapports étroits avec la mu-
» sique. L'amour, la confiance, le dévoûment, la
» foi, le pressentiment et la rêverie de ce que les yeux
» ne peuvent voir, de ce que les oreilles ne peuvent
» entendre, constitue son véritable domaine : c'est
» aussi celui de la religion. Elle est, encore mieux
» que la poésie, l'expression des choses inexprimables
» de l'âme, précisément parce qu'elle est indéfinie et
» qu'elle ne se sert d'aucun signe qui rappelle rien de
» matériel, rien de borné, rien de réel. La poésie
» n'a pas cet avantage, mais elle n'est jamais plus
» délicieuse que lorsqu'elle en approche le plus,
» comme dans quelques morceaux de Shakespeare,
» de Schiller et de Lamartine. La musique est donc
» l'organe naturel des émotions religieuses et de la
» prière. Je lis que le digne Nienwold faisait souvent
» pénétrer la consolation dans les cœurs désespérés,

» par les accents de sa belle voix, et les disposai
» ainsi, par la musique, à recevoir des paroles de
» paix, qu'ils avaient jusque-là repoussées. Je n'en
» suis point étonné, et je conçois à peine quel autre
» langage l'âme peut être disposée à entendre dans
» de semblables moments. C'est donc un grand mal-
» heur pour nos églises que l'état déplorable dans
» lequel y est réduit le chant sacré. Il est moins que
« nul; il est détestable. Point d'accord, point de
» mélodie, point de mesure. Les compositions de
» Goudimell qui en sont la base, faisaient, il est
» vrai, les délices de la cour de Henri III; mais trois
» siècles ont passé sur elles, et les oreilles sont plei-
» nes d'autres accents. Et pourtant, elles produiraient
» de beaux effets encore, si ont les chantait d'une
» manière moins barbare. Tout notre système de
» chant est à refaire, et, non-seulement le chant,
» mais encore et surtout les chanteurs. L'éducation
» musicale est nulle presque partout. Ailleurs elle
» est mal dirigée. On n'a pas d'idée d'un chant à
» plusieurs parties, et les merveilleux effets de
» l'harmonie sont perdus pour la religion. Aussi,
» lorsque, dans quelque réunion particulière, on
» chante des cantiques conçus dans un meilleur
» système et surtout mieux exécutés, ces chants
» produisent-ils un effet extraordinaire. Ce n'est pas
» un des moindres attraits de ces réunions privées.
» C'est là un objet digne d'attirer l'attention des amis
» de la religion et de la piété. Ils ne sauraient mieux
» placer leurs efforts. L'Église de la confession

1*

» d'Augsbourg nous a donné, sous ce rapport, un
» exemple, qu'il ne tiendrait qu'à nous de suivre.

» Les paroles de tous nos chants, à douze cantiques
» près, sont une traduction des Psaumes, et c'est
» encore une lacune. Sans doute, les Psaumes sont
» pleins de poésie. Ils contiennent l'expression libre
» et franche des émotions religieuses les plus pro-
» fondes. Le génie oriental y respire avec tous ses
» élans et toute sa richesse. Mais c'est le génie
» oriental, c'est plus encore, c'est le génie juif dans
» toute sa naïveté, dans toute son intensité, avec
» toutes ses particularités, avec toutes ses beautés et
» tous ses défauts, avec toutes ses richesses et toute
» sa pauvreté, avec ses amours et ses haines. C'est
» le génie juif ; ce n'est pas celui du christianisme
» ni celui de l'humanité. Reçus avec enthousiasme,
» au moment de la Réformation, par un peuple dont
» ils peignaient assez bien la situation extérieure, et
» dont ils retraçaient les émotions dans la lutte
» mortelle où il était engagé, les Psaumes ne vont
» plus à l'état de calme et de paix où nous sommes
» parvenus. Dans un trop grand nombre de passages,
» ils expriment des sentiments et des passions qu'il
» ne faut pas encourager, et ils manquent de cet
» esprit d'amour, de cet esprit éthéré, de cette vie
» céleste que le christianisme est venu montrer à
» la terre. Les grandes vérités du christianisme, les
» grandes espérances et les grands devoirs de l'hu-
» manité n'y trouvent qu'une exposition énigmatique
» et confuse, embarrassante pour la raison, insuffi-

» sante pour le cœur. Le premier pas d'une réforme
» bien entendue de notre chant sacré, serait donc
» la réduction de notre Psautier à un extrait fait avec
» sagesse. »

Que pourrais-je ajouter à cet éloquent plaidoyer
pour la réforme du chant sacré.

Ce premier pas indiqué par Samuel Vincent vient
d'être fait. Nos Églises possèdent depuis quelques
mois un recueil de cantiques. Mais nous sommes en
1859 et Samuel Vincent écrivait en 1829. Il nous a
fallu 30 ans pour faire un pas; 30 ans! Voilons-nous
la face. Mesurons du regard ce qui nous reste à faire;
en marchant ainsi, dans combien de siècles touche-
rons-nous au but? Je réponds hardiment qu'avec nos
procédés actuels pour enseigner la musique, nous
n'atteindrons jamais le but. Il faut, selon la pensée de
Vincent, refaire notre système de chant; et non-seulement le chant, mais encore et surtout les chanteurs.
Ce nouveau système est là sous nos yeux. C'est la méthode Galin-Paris-Chevé. Je ne puis pas m'attacher
ici à réfuter les objections que font les adversaires de
la méthode. Je m'adresse à des protestants, c'est-à-
dire à des hommes dont le devoir est « d'éprouver
toutes choses et de retenir ce qui est bon. » Cela me
suffit. J'affirme, sans crainte d'être démenti, que la
méthode nouvelle est un progrès, un immense progrès. Elle est à la méthode ancienne ce que les che-
mins de fer sont aux diligences. — Elle a fait ses
preuves. Elle a bravé tous les assauts; rien n'a pu
arrêter ses progrès; et enfin, d'illustres compositeurs

lui prêtent un bienveillant patronage. Elle est enseignée à l'École normale supérieure et à l'École polytechnique. Loin de moi l'idée de méconnaître toutes les belles intelligences que renferment les autres carrières. C'est le privilége de notre patrie de compter des hommes distingués dans toutes les branches des connaissances humaines. Mais on conviendra sans peine qu'une méthode enseignée dans les deux premières écoles de France, peut se flatter d'avoir pour elle la jeunesse intelligente ; or, la jeunesse c'est l'avenir ; c'est l'enthousiasme. A peine deux années ce sont écoulées, et déjà des professeurs, des ingénieurs, des officiers enseignent et propagent les idées de nos maîtres. Admirable prosélytisme que celui qui n'a pour but que de procurer aux néophytes les plus douces et les plus pures jouissances terrestres.

Initié depuis deux ans à la méthode de Galin, je conçus pour elle un vif enthousiasme. L'épreuve que j'ai faite l'année dernière, enseignant moi-même la musique à 40 élèves du lycée de Rennes, n'a fait que l'accroître. Aussi je voudrais que chaque consistoire eût pendant tout l'hiver un cours gratuit de musique vocale par cette méthode. Trois mois de cours suffiraient pour mettre les chanteurs en état d'exécuter parfaitement nos cantiques.

Je ne demande pas que les consistoires se prononcent pour la méthode de Galin. Cependant, en le faisant, ils n'auraient pas un très-grand mérite ; car, à l'heure qu'il est, la lumière a frappé bien des yeux. Je demande seulement qu'il en fasse l'essai, non pour la méthode, mais pour le but qu'elle seule permettra d'atteindre. Que ne puis-je ressusciter Samuel Vincent. S'il assistait à la réimpression de son œuvre, je suis convaincu qu'il prêterait à mes vœux l'appui de son éloquence et de sa légitime autorité. Que nos consistoires, qui doivent avoir pieusement conservé le souvenir de ce vénérable pasteur, agissent de telle sorte qu'on puisse dire de lui : « même mort, il parle encore. »

On ne peut opposer que des raisons tirées des convenances ou des complaisances humaines. Il y a des bornes aux complaisances. Je crois qu'en cette question elles ont fait leur temps Au-dessus des convenances, il y a une loi, une loi immuable, parce qu'elle est de Dieu, la loi du progrès.

> Que peuvent contre lui tous les rois de la terre ?
> En vain ils s'uniraient pour lui faire la guerre.

Chaque jour l'école de Galin rallie de nouveaux disciples. L'intérêt de notre Église nous invite à nous mettre à la tête du mouvement. Notre glorieux titre de protestant nous en fait un devoir. Refuser, c'est nous condamner nous-même. Que chacun réfléchisse et qu'il juge.

Les lignes qui suivent ont paru d'abord dans le *Courrier du Gard*, à peu près telles que je les publie aujourd'hui. C'était un article de journal; il devait être court, afin de ne pas abuser de la bonté du rédacteur, « qui m'ouvrait avec plaisir ses colonnes, mais » n'acceptait pas la responsabilité de mes opinions. »

En le retouchant, j'ai pris plaisir à le compléter. Des notes, écrites chaque soir, pendant mon séjour à l'Ecole normale supérieure, comme par un secret pressentiment, me permettent de garantir l'authenticité de tous les détails. C'est avec un vrai bonheur que j'ai reporté mes regards sur cette dernière année d'études. J'espère que mes camarades liront avec quelque intérêt cette page détachée de notre commune histoire. Si, par un scrupule très-légitime, j'ai dû n'indiquer leurs noms que par la lettre initiale, j'ai cru devoir faire une exception pour Braconnier, enlevé prématurément, à la fleur de l'âge, quelques jours après sa nomination, sans être même entré en fonctions.

Aujourd'hui, en France, toute ville un peu importante veut avoir son orphéon, comme elle a sa compagnie de sapeurs-pompiers. L'intention est excellente, mais en général les ressources manquent, j'entends les lecteurs. MM. les orphéonistes ne

sont pas toujours très-assidus ; et leurs directeurs se
donnent presque toujours beaucoup de peines pour
de bien minces résultats. J'eus la curiosité d'assister
à l'une des nombreuses répétitions de l'orphéon
nimois. Une messe de Mozart était à l'étude. Deux
choses m'ont frappé : la patience du directeur, patience, on peut le dire, à toute épreuve, et les bons
éléments que renferme l'orphéon. Il y a des voix fort
agréables ; sans ces bons éléments, je ne m'explique-
rais pas que le directeur, M. Pellet, pût, avec toute
sa bonne volonté, faire exécuter, même passablement,
des chœurs comme la *Retraite*, le chœur du *Comte Ory*
ou celui de *Robin des Bois*. Quelques bons chanteurs,
chefs de file, entraînaient après eux la masse des
choristes, qui ne connaissaient pas la musique et
chantaient de mémoire. En un mot, le professeur,
passez-moi l'expression, serinait ses élèves. Avec de
pareils moyens, on n'arrive à rien. Mon opinion était
(elle est encore la même) que l'Orphéon, s'il per-
sistait dans cette voie, pouvait se considérer comme
à son apogée ; tout progrès était impossible. En publiant franchement mes impressions, en signalant
les écueils, je n'avais pas grand mérite. M. Pellet les
avait vus mieux que moi. Il savait mieux que personne toutes les peines qu'il s'était gratuitement don-
nées pour organiser et faire marcher cet orphéon. Une
longue expérience l'avait convaincu que, pour apprendre à des enfants ou à des adultes à déchiffrer l'affreux
grimoire qu'on appelle la musique, sur la portée, avec
ses clés, ses armures, ses accidents, il faut plusieurs

années d'étude, une volonté forte et d'heureuses dispositions. Pour former un orphéon, il faut former
des lecteurs. La méthode Galin-Paris-Chevé peut seule
le faire. Par une généreuse initiative, M. Pellet avait
ouvert, dans l'une des salles des écoles municipales,
un cours public de musique vocale par cette méthode. Quatre-vingts auditeurs environ suivent ce
cours, et leurs progrès rapides sont déjà un sérieux
encouragement pour leur professeur.

En publiant mes impressions, mon but n'était pas
de jouer de la grosse caisse en faveur du cours de
M. Pellet, cela n'entre pas dans mes habitudes, et
cela eût été tout-à-fait superflu. Quatre-vingts élèves,
certes c'est un joli début. Je ne voulais pas davantage
réveiller d'anciennes discussions, qui, m'assure-t-on,
et je le crois sans peine, avaient été fort vives. Je suis
persuadé que la polémique aigrit plus qu'elle ne persuade. Bien peu de gens ont assez d'amour du vrai
pour lire les publications des deux partis. On aime
mieux adopter de suite une des opinions en lutte suivant ses amitiés, ses habitudes ou ses intérêts; c'est
un procédé très-commode, parce qu'il dispense de réfléchir et de raisonner.

J'apporte devant les hommes impartiaux des faits.
Il n'y a rien, dit-on, d'insolent comme un fait. Ceux
que je citerai sont authentiques, je ne dirai que ce que
j'ai fait ou vu; les lecteurs jugeront. En persua-
derai-je beaucoup? je n'ose pas l'espérer. La routine
est un redoutable adversaire; mais les Galinistes,
pour les appeler par leur nom, qui liront ces lignes,

y puiseront de nouveaux encouragements à pour-
suivre leur œuvre éminemment philanthropique. Leur
confiance dans la méthode s'accroîtra en même temps
que leur reconnaissance pour les auteurs de ce grand
progrès.

J'ai fait mes études au lycée de Nîmes, comme
externe d'abord, puis en qualité d'interne. J'y ai
appris beaucoup de latin, mais pas une note de musique. Au lycée de Montpellier, au lycée Saint-Louis, à
Paris, je n'en ai pas appris davantage. C'est, à mon
avis, un grand vide dans l'éducation des lycées. J'ai
la confiance que les hommes distingués qui dirigent
l'Université le comprennent, et que, malgré les difficultés que toute réforme soulève, le vide sera bientôt
comblé. Dans nos lycées, on enseigne la musique aux
élèves internes jusqu'en quatrième inclusivement.
Ils considèrent ces leçons comme une punition, un
pensum. Ils me l'avouent tous les jours ; ils soupirent
après l'heureux jour où ils en seront délivrés ; et il
faut reconnaître que ce n'est pas précisément leur
faute. Or, que peut-on attendre d'une génération qui,
dès l'enfance, apprend à haïr la musique ? Il y a aussi
contre la musique des préjugés, des dictons popu-
laires, tels que celui-ci : bien chanter et bien danser
n'est utile à rien. Bien danser, j'y consens, ou plutôt
je le souhaite ; mais respectez la musique, le plus noble
des arts! A quoi bon la musique ? Cette question pouvait être posée jadis, au xviiᵉ siècle : alors, on causait
dans les salons ; aujourd'hui, on danse ou on fait de
la musique, c'est-à-dire qu'à défaut d'esprit, on pro-

mène avec plus ou moins de grace et de bonheur, ses doigts sur un clavier ou ses pieds sur un plancher. La musique s'impose à nos réunions.

Au mois d'octobre 1855, j'entrai à l'Ecole normale supérieure. Je sentais les défauts de mon éducation. Trop âgé pour me mettre à tapoter sur un piano, je voulus apprendre la musique vocale : j'y perdis mon latin et le peu de grec que j'avais conservé.

L'année suivante, je fis une nouvelle tentative. Cette fois, je voulais me préparer à l'étude de l'acoustique : même échec. J'en étais là, lorsque l'un de mes amis, aujourd'hui professeur au lycée de Lyon, me fit faire à Paris la connaissance de M. Chevé. J'assistai gratuitement, pendant les jours de congé, aux leçons qu'il donnait chez lui. Je fus frappé de la netteté de son enseignement. Ses appels incessants à mon bon sens, à mon jugement, à ma raison, sur des matières qui semblent ne dépendre guère de la raison, lui gagnèrent ma sympathie. J'étais un des auditeurs les plus empressés des concerts gratuits que la société chorale donne, tous les mois, dans l'amphithéâtre de l'Ecole de médecine. J'en sortais toujours ravi; mille jouissances jusqu'alors inconnues m'étaient révélées. Il est juste de dire que l'Université, ce corps enseignant par excellence, compte peu de professeurs qui soient, chacun dans sa sphère, à la hauteur de M. Chevé. Les leçons de M. Chevé, étudiées avec soin, constituent pour de jeunes professeurs une excellente gymnastique; car, transportée à d'autres études, la méthode si nette, si logique de M. Chevé doit infailliblement produire les mêmes résultats. Aussi, ai-je toujours regretté qu'au lieu d'être un simple professeur, M. Chevé ne fût pas à la tête d'une école normale de musique. Avant peu d'années, nous serions débarrassés de cette sotte réponse que les Français jettent à la face d'autres Français, quand on leur demande pourquoi la musique est si peu répandue en France : « Le Français n'est pas musicien. » On rendra un jour pleine justice à M. Chevé... quand il ne sera plus temps.

C'est avec ces idées que je commençai ma troisième année d'études de l'Ecole normale. Il nous arrivait souvent, pour tuer le temps, pendant la récréation qui suivait le souper, de chanter des chœurs. L'idée nous vint d'avoir un cours de musique vocale. Je proposai de faire venir M. Chevé : 54 signatures, sur 80 élèves, appuyèrent ma proposition. Les sciences y étaient représentées par 25 ; les lettres par 29. Je fus chargé de demander l'autorisation de nos directeurs. Le moment était propice : l'inspecteur général, chargé de la haute direction de l'Ecole, était un ami passionné des lettres et des arts, qui voulait, s'unissant à la pensée de M. le ministre, ramener les beaux jours de l'Ecole Normale. C'est là qu'il avait commencé sa carrière littéraire. C'est là que, maître de conférences, il avait commencé à propager ses idées ; il était prêt à user de tout son pouvoir pour nous rendre agréable le séjour de l'Ecole. Ce n'est pas un médiocre sacrifice que de passer dans une école, dont on avait fait un séminaire, ses trois plus belles années, de 20 ans à 23 ans.

Pour être très-raisonnable, puisqu'il ouvre une carrière, quelquefois brillante, toujours utile et honorable, ce sacrifice n'en est pas moins réel. M. Nisard le sentait, et son désir était de nous le rendre aussi léger que possible. Sa porte était toujours ouverte à tous. Il écoutait, il provoquait même nos demandes, nos confidences; et nous nous habituâmes bientôt à voir en lui, non un directeur, titre qui semble exiger l'épithète d'inflexible, mais un père, plein d'affection pour les jeunes gens. — Je dis ceci afin de bien montrer comment, sans connaître ni M. Chevé, ni sa méthode, trouvant plutôt dans ses relations des motifs d'écarter notre demande, M. Nisard a été cependant conduit, par son affection pour ses élèves, à laisser introduire dans l'École normale la méthode de Galin.

L'autorisation que je demandais fut accordée: M. Chevé devait venir deux jours après; il y eut contre-ordre. C'était le moment de la polémique la plus vive entre l'école de Galin et l'école officielle. M. Chevé venait de publier sa vive réfutation du livre de M. Halévy, un grand artiste assurément, un excellent écrivain, mais non pas un professeur très-logique. Cela n'ôtera rien à sa gloire. On voulut avoir l'autorisation de M. le ministre de l'instruction publique. M. Nisard prévoyait tout le parti qu'un jour M. Chevé ou ses élèves pourraient tirer de ce cours à l'École normale. Peut-être aussi la nouvelle s'était répandue au dehors, et l'on s'effrayait non sans raison, dans un certain monde, à l'idée que la méthode de Galin allait jeter son venin dans l'Ecole normale. On nous faisait l'honneur de nous regarder comme une terre bien préparée pour cette semence. Le temps a justifié pleinement ces craintes. Nous avions, pour défendre notre cause, le bon sens de nos directeurs, leur vif désir de nous être agréables, et la haute sagesse de M. le ministre, juge en dernier ressort. Aussi ce retard ne me causa aucune crainte. On m'a raconté que Son Excellence, consultée, répondit: Ces jeunes gens veulent apprendre la musique, c'est pour eux une agréable récréation. Rien de mieux. Connaissez-vous un professeur qui se charge de leur enseigner gratuitement la musique sur la portée. Oh! s'il n'avait fallu qu'enseigner la musique, les professeurs n'auraient pas manqué. Qui n'eût voulu toucher les appointements et pouvoir mettre sur sa carte: *Professeur à l'Ecole normale supérieure.* Mais le ministre avait dit: *Gratuitement*; et, sans faire injure aux professeurs de musique, il est permis de penser que cette note leur paraissait fausse. Est-ce à dire que le dévoûment manque chez eux? ce serait un blasphème. Seulement la méthode suivie par eux étant cent fois inférieure à celle de Galin, le dévoûment doit être chez eux cent fois plus difficile et, par conséquent, cent fois plus rare que chez nous. Aussi, quand je vois un homme se dévouer pour enseigner la musique sur la portée sans suivre la méthode de Galin, je le plains sincèrement, parce qu'il pourrait mieux employer son temps et ses peines; mais je trouve sa conduite et son dévoûment au-dessus de tout éloge.

J'ajoute que si tout autre professeur que M. Chevé

avait été chargé du cours, il n'eût pas tenu longtemps.
Il faut à des jeunes gens de 20 ans, habitués à
réfléchir, à penser par eux-mêmes, à porter des juge-
ments, des cours autrement sérieux que les cours de
musique sur la portée. M. Chevé, en créant à l'Ecole
normale supérieure et à l'Ecole polytechnique l'enseignement de la musique, a accompli un vrai tour de
force. Supposez ses cours suspendus pour un motif
quelconque ; je défie aucun professeur de musique,
qui ne suivrait pas sa méthode, de tenir seulement
dix minutes devant ces auditoires que M. Chevé
captive pendant des heures entières.

M. Chevé se trouva sans rival, et l'année 1857 touchait à sa fin, lorsqu'il commença son cours à l'Ecole
normale supérieure. Nous n'avions pu trouver que
deux récréations par semaine à lui accorder. Avec le
mois de juin le cours finissait ; et le samedi 10 juillet
1858, nous donnions à l'Ecole un concert comme
séance [de clôture. Nos directeurs (à l'exception de
M. Nisard, éloigné de Paris), l'aumônier et l'économe
s'empressèrent d'y assister. La salle du concert était
tout simplement la salle des conférences de physique.
Des bancs transportés de tous les points de l'Ecole,
quelques fauteuils pour nos invités, un piano, un
orgue-harmonium, voilà toute la décoration de la
salle. A huit heures trois quarts le concert commença.
J'en transcris le programme ; il prouve suffisamment
que nous n'avions pas perdu notre temps :

1° { *La Prière de Zampa*,   HÉVOLD.
    { *La Barcarole d'Asioli*,   ASIOLI.

Exercices improvisés d'intonation.

Symphonie d'Haydn, jouée sur le piano, par W··
et B··; air de la *Volière*, chanté par Braconnier.

2° { *Sérénade d'Ancot*,   ANCOT.
   { *Chœur de Corisandre*,   BERTON.

Exercice de lecture sur toutes les clés.

Barcarole de Dom Sébastien,
chantée par V···.   DONIZETTI.

Choral des Huguenots,   MEYERBEER.
chanté par B··· avec accompagnement d'harmonium.

Chœur des Conjurés,   MEYERBEER.

M. Chevé avait apporté une messe brève, encore
toute humide, sortant de l'imprimerie. L'aumônier
de l'Ecole choisit deux morceaux, le *Kyrie* et le *Gloria*,
que nous chantâmes séance tenante.

Une souscription avait été ouverte. Le résultat en
fut très-modeste. Les élèves de l'Ecole normale n'ont
plus les gros souliers dont parle Edmond About; on
a beaucoup amélioré la coupe grotesque de leur habit;
ils se passent même « d'ami à toute épreuve qui leur
» prête des gants. » C'est une raison de plus pour
n'avoir pas la bourse bien garnie. D'ailleurs, un beau
cadeau était parfaitement inutile. M. Chevé ne regarde qu'à l'intention; et nous eûmes grande peine à lui
faire accepter notre modeste offrande. C'était quelques
partitions d'opéras avec cette simple inscription:

A M. CHEVÉ

L'ÉCOLE NORMALE SUPÉRIEURE

1858.

Le lendemain, M. Chevé faisait remettre à chacun des élèves de troisième année un exemplaire de sa méthode de musique vocale; nous étions doublement ses débiteurs. — Il avait été convenu que j'offrirais simplement à M. Chevé ces quelques volumes au milieu du concert, au nom de mes camarades. Je ne pas m'empêcher de l'assurer qu'il trouverait parmi nous plusieurs disciples dévoués qui propageraient la méthode au succès de laquelle il a si généreusement consacré sa vie. La satisfaction de mes camarades me prouva que j'avais été le fidèle interprète de leurs sentiments. L'occasion s'offrit bientôt pour moi de tenir ma promesse.

Mais revenons au concert dont je n'ai indiqué que la première partie. La deuxième ne fut pas moins brillante.

L'*invitation à la Valse*, jouée sur piano et harmonium, par W***, D*** et B***.

3° { *Marche des deux Avares*,   Grétry.
     Le Jeune Conscrit,   Kucken.

Exercice d'écriture sous la dictée :

Ouverture du *Barbier de Séville* pour harmonium et piano.

Chanson à boire de l'*Ame en peine*, de Flotow, chantée par W. avec chœur et accompagnement d'harmonium.

Le Chemin de Fer,   Rossini.

A 10 heures 3|4, nous nous dirigions vers nos dortoirs, enchantés de notre soirée. Nos directeurs partageaient notre joie; et l'aumônier, membre de la commission de chant de la ville de Paris, qui a si brutalement repoussé la méthode de Galin, se promettait de dire à ses collègues: « J'ai vu de très-beaux résultats qui ne peuvent pas être suspects. »

Au mois d'août 1858, je quittai l'École normale, et au mois d'octobre suivant, je fus envoyé comme professeur de physique au lycée de Rennes. Dès sa première visite, M. le proviseur me pria de faire aux élèves internes un cours gratuit de musique en chiffres. J'acceptai, et au mois de novembre je commençai mes leçons. Elles avaient lieu seulement le jeudi et le dimanche ; encore tous les quinze jours la sortie venait-elle me priver d'une leçon. Après quelques mois, mes occupations ne me permirent pas de continuer. M. Maréchal, censeur au lycée, qui m'avait beaucoup aidé jusque-là, prit ma place ; et au mois de juin nos élèves exécutaient, en présence de l'archevêque, venu pour la cérémonie de la première communion, une messe à plusieurs parties, avec accompagnement d'orchestre, dans laquelle on avait intercalé un *Agnus Dei*, de Mozart, un chœur d'Haydn, tiré de *la Création*, et la prière de *la Muette*.

Le succès dépassait nos espérances. A qui en revenait l'honneur ? Aux professeurs ? Assurément, non. M. Maréchal n'avait même jamais suivi de cours régulier. Je n'avais jamais enseigné, je n'étais pas beaucoup plus fort que mes élèves ; je progressais avec eux. Tout l'honneur revient à la méthode elle-même, méthode si simple, dont les exercices ont été si logiquement gradués, qu'il suffit de savoir la gamme

2

pour pouvoir apprendre tout seul et enseigner la musique vocale. En présence d'un si admirable travail, il est impossible d'être indifférent. Aussi, la méthode Galin-Paris-Chevé n'a-t-elle rencontré que des adversaires aveuglés par la routine, les intérêts ou le parti pris, et des partisans fanatiques et enthousiastes. Je me range, sans fausse honte et sans hésitation, dans la seconde catégorie, persuadé que dans nos rangs viendront peu à peu tous les hommes intelligents et impartiaux. A ceux qui en douteraient, je n'ai rien à opposer que le récit qu'on va lire.

M. le comte de Sollohub, chambellan de l'empereur de Russie, a été chargé par son souverain d'étudier les différentes méthodes de musique et les établissements d'enseignement musical, en vue du Conservatoire de musique qui, selon la volonté impériale, doit être organisé à Saint-Pétersbourg. Après avoir visité l'Italie, M. le comte Sollohub s'est rendu à Paris. Son Excellence est entrée à l'improviste à l'école de médecine, au cours de M. Chevé. Frappée des résultats qu'elle voyait, elle a désiré assister à une séance donnée par la société chorale. Comme éléments particuliers de conviction, M. le comte a désiré entendre chanter deux morceaux fournis par lui : l'un a été livré aux élèves la veille, à la répétition générale ; le second n'a été vu des élèves qu'à la séance publique, au moment même de le chanter à première vue : le premier était sans paroles, le second avait des paroles italiennes. Comme appréciateurs, M. le comte Sollohub avait obtenu le concours de Rossini et de Vieuxtemps. Tout ce que Paris compte de plus distingué parmi les Russes avait été invité à la séance.

L'amphithéâtre de l'Ecole de Médecine était d'ailleurs rempli d'une foule compacte dans laquelle on remarquait un grand nombre d'élèves de l'Ecole normale supérieure, de l'Ecole polytechnique, et de l'Ecole préparatoire de Sainte-Barbe. Parmi les artistes, on remarquait MM. Elwart et Ravina. Avant une heure, toutes les places étaient envahies et les invités de M. le comte étaient arrivés, sauf trois ou quatre qui, venus trop tard, ne purent parvenir à leurs places. Lorsque Rossini entra dans la salle tous les assistants se levèrent, et de chaleureux applaudissements, dix fois répétés, accueillirent l'immortel auteur de *Guillaume Tell*, de *Sémiramis*, d'*Othello*, du *Barbier*, et de tant d'autres chefs-d'œuvre. La jeune école était profondément émue en songeant que Rossini venait là pour l'entendre. Immédiatement on entonna le chœur d'*Orphée*, de Chelard, qui débute par ces paroles toutes de circonstance :

« Salut! chantre immortel ! »

Les exercices continuèrent, sans interruption, pendant deux heures vingt minutes. On chanta le chœur du *Comte Ory*. M. Amand Chevé exécuta sur l'orgue harmonium, avec le rare talent qu'on lui connaît, l'ouverture de *Guillaume Tell*. Le programme fut enlevé avec un entrain facile à comprendre, quand on pense aux personnes qui écoutaient. L'auditoire tout entier était plein de chaleur et d'enthousiasme. Comme tous les hommes vraiment supérieurs,

Rossini montra une bienveillance extrême et ses bra-
vos ne manquèrent à aucun des exercices. Les exercices d'intonation, la lecture et l'écriture sous la
dictée l'intéressaient beaucoup. Il applaudit aussi
beaucoup les chœurs, même les siens. Il trouva la
prière du *Comte Ory* très-bien chantée. Les *Filles de
Noé*, d'Elwart, parurent lui faire grand plaisir. Il
disait à M. Chevé : « Ce chœur est charmant ; il est
» bien commencé et encore mieux fini. » Il trouva le
chœur de la *Retraite* très-joli. Après le chœur d'*Esprits*, de Lacombe, il dit : « C'est de la musique large,
» et d'un beau caractère. »

Vers le milieu de la séance, M. le comte Sollohub,
craignant la fatigue pour Rossini, pria M. Chevé de
lui demander s'il voulait que l'on abrégeât le programme : « Et pourquoi donc l'abréger, répondit
» Rossini avec une grace charmante ; cela m'amuse
» infiniment, et je pense qu'il en est de même des
» autres. » Rossini resta donc jusqu'au dernier accord.

En s'en allant il disait : « Mais, au fait, je ne vois
» pas pourquoi on ne prendrait pas, pour les masses,
» cette manière de faire qui est beaucoup plus simple
» que la nôtre ; il y aurait tout à gagner pour tout le
» monde. » Vieuxtemps aussi parut extrêmement
satisfait.

Quant aux invités de M. le comte Sollohub, ils parurent tous extrêmement satisfaits. L'audition de leur
musique sacrée produisit sur eux un effet tel que
chez plusieurs l'émotion fut portée jusqu'aux larmes.

Il est vrai de dire que cette musique est véritablement saisissante. Mme la comtesse Sollohub, fille de M. le comte Michel Wielhorski, et très-bonne musicienne elle-même, ne comprenait pas que « du soir au len-
» demain on pût arriver à nuancer cette musique
» d'une manière qui approchait de si près de l'exécu-
» tion russe. »

Les paroles de Rossini, citées plus haut, n'étaient pas de vains mots. Quelques semaines plus tard, selon l'expression de M. de Morny, les chefs de notre école n'étaient plus seuls. Une commission de patronage et de vulgarisation était formée pour répandre dans toute la France la méthode Galin-Paris-Chevé.

Voici les membres de la commission :

Président : M. le comte DE MORNY.

Vice-présidents : MM. ROSSINI, le prince PONIA-TOWSKI, sénateur.

Secrétaires : MM. le marquis AGUADO, le comte Joachim MURAT, député au corps législatif.

Secrétaire-trésorier, M. L'ÉPINE.

Membres : MM. le général de division DE COURTIGIS ; le comte Olympe AGUADO ; RAVAISSON, inspecteur général de l'Université ; MAGIN-MARENS, inspecteur général de l'instruction primaire; le baron Paul DUBOIS, doyen de la Faculté de médecine; NEUKOMM, compositeur; Edmond MEMBRÉE, compositeur; le marquis de SAMPIERI, compositeur; Jacques OFFENBACH, compositeur ; Berer, compositeur ; Félicien David , compositeur ; Lefébure-Wély, compositeur : Gevaert, compositeur.

De pareils noms rendent tout commentaire inutile. On dira ce qu'on voudra, jamais on ne me persuadera qu'il n'y ait pas lieu d'être fier de marcher sous de pareils chefs.

La méthode Galin-Paris-Chevé ne peut pas ne pas réussir. L'avenir est à elle. Ses disciples ont pour eux la science (car seule cette méthode permet une théorie de la musique). Ils ont la foi, ils ont le dévoûment. Ce que nous avons reçu gratuitement, nous le donnons gratuitement. Enfin, en propageant notre méthode, nous avons l'assurance de travailler à augmenter la moralité et le bien-être de nos élèves.

Les leçons que je faisais au lycée de Rennes n'étaient suivies que par les élèves des classes supérieures. Les autres suivaient un cours de musique sur la portée, fait par un professeur établi depuis longtemps et que je n'avais pas voulu priver de ses appointements. Nous causions quelquefois sur la musique. Il reconnaissait avec moi les immenses avantages de la nouvelle méthode; mais quand on lui conseillait de l'adopter, il ne voulait pas s'y résigner. Pourquoi ? il ne le disait pas. Une autre personne, artiste aussi et des plus distinguées mais non professeur, me livra le secret. Un jour que je lui parlais avec feu des avan-

tages de la méthode: « A ce compte, me dit-elle, tout
le monde étant musicien, il n'y aura plus de mérite à
l'être. » Elle oubliait qu'on peut devenir musicien,
mais qu'on naît artiste. Quoi qu'il en soit, elle avait
dit vrai. C'est justement parce que l'ancienne méthode tend à faire de la musique l'apanage de quelques-
uns, qu'elle doit tomber devant les tendances éminemment égalitaires de notre époque.

La lettre suivante de M. le comte Sollohub a été publiée dans l'*Indépendance Belge* et reproduite par la *Réforme Musicale*. Perdue dans des journaux déjà vieux, cette lettre resterait inconnue à ceux qui chaque jour se rallient à l'Ecole de Galin. Je n'ai pas voulu qu'il en fût ainsi. J'ai désiré faire partager à tous les futurs Galinistes le plaisir que j'ai eu à la lire ; le résultat de cette lecture sera, j'en suis convaincu, de faire respecter et aimer l'homme qui, ayant connu la vérité, lui a rendu ce témoignage public, et à qui la Russie doit l'insigne honneur d'avoir la première officiellement adopté la nouvelle méthode.

2*

LETTRE DU COMTE SOLLOHUB

au

Rédacteur de l'Indépendance Belge

sur la méthode

GALIN-PARIS-CHEVÉ

Monsieur,

J'ai lu dans le numéro du **20 mars** de votre estimable journal, un passage d'une correspondance de Paris où il est fait mention de ce que j'ai reçu de S. M. l'empereur de Russie l'ordre d'examiner à Paris les travaux de l'école musicale Galin-Paris-Chevé; qu'un rapport avait été adressé par moi à ce sujet, et que M. Émile Chevé serait, d'après le bruit public, appelé prochainement à St-Pétersbourg pour y introduire ses procédés dans les instituts du gouvernement.

Ce n'est pas la première fois que mon nom a été cité dans les journaux à propos de l'enseignement professé par M. Chevé, et je crois de mon devoir, pour éviter tout malentendu à ce sujet, de bien expli-

quer la nature de mes relations avec le professeur et
l'école qu'il dirige.

Je n'ai reçu, dans la mission qui m'a été confiée
par ordre impérial, aucune instruction concernant
spécialement une école de musique de préférence à
une autre. S. M. l'Empereur a daigné approuver l'établissement d'un conservatoire à Saint-Pétersbourg, et
j'ai eu le bonheur d'être choisi pour faire à ce sujet
quelques travaux préparatoires, basés nécessairement
sur l'examen minutieux des meilleures institutions
musicales en Allemagne, en Italie et en France.

Au milieu des études qu'exigeait un travail semblable, je ne pouvais pas omettre l'enseignement préli-
minaire; car, en musique comme en toute chose,
c'est la base appelée à étayer l'édifice qui offre toujours
le plus d'importance.

Je n'avais pas l'honneur de connaître M. Chevé. Ce
fut à l'improviste que j'entrai au cours gratuit qu'il
fait tous les soirs, entre neuf et onze heures, à l'Ecole
de Médecine. Je fus frappé d'abord du spectacle qu'of-
fraient cinq à six cents ouvriers, pour la plupart vêtus
de blouses, et venus à pied des banlieues les plus éloi-
gnées de Paris, après de rudes journées de travail,
pour étudier la lecture de la musique. Ce spectacle seul
était un enseignement. Au bas de l'amphithéâtre se
tenait le professeur, homme à l'œil vif et intelligent,
au sourire plein de bonhomie, à la parole facile, en-
jouée avec dignité, convaincue jusqu'à l'enthousiasme,
et respirant l'amour et la foi pour sa vocation. C'était
M. Chevé. Il se tenait devant un tableau surchargé de

chiffres auxquels je ne comprenais rien , et , après quelques explications d'une grande simplicité, il prit deux
baguettes et se mit à les promener sur le tableau.
Aussitôt, tout l'auditoire commença à solfier à deux
parties , avec une précision qui me confondit. Je re-
marquai d'abord , dans l'émission des voix , l'absence
complète de ces sons gutturaux que les chanteurs connaissent sous le nom d'émission de voix française. Les
voix n'étaient pas posées, mais elles étaient franches
naturelles; elles ne baissaient pas , et l'intonation était
même assez remarquable comme justesse. La masse
chorale n'était soutenue par aucun instrument. Chaque élève avait les yeux fixés sur le tableau et lisait lui-
même , sans faire attention à son voisin. Heureusement que, moi aussi , j'en avais un ; je lui demandai
sur quelle clé on chantait.

— Monsieur, me répondit-il, la méthode n'a pas
de clé du tout, ce qui nous dispense d'apprendre les
sept clés de la musique usuelle.

Je voulus savoir alors comment on reconnaissait les
tons.

Mon interlocuteur m'expliqua que tous les tons en
dièse et en bémol n'avaient été inventés que pour se
conformer aux défectuosités de certains instruments
qui devaient rectifier, par ces moyens, la filiation
normale des sons dans chaque gamme; que, la voix
étant omnitone, il lui suffisait d'avoir un point de
départ pour trouver les intervalles nécessaires, et que,
par conséquent, la solmisation d'après les tonalités
devenait inutile. C'était évidemment faciliter l'étude

du chant proprement-dit, des quinze procédés toniques. En les multipliant par les combinaisons de sept clés, l'enseignement devenait cent cinq fois plus facile. C'était parfaitement clair. Je compris alors la signification du tableau. Le mode majeur commençait à 1, ou la tonique, et cet 1 s'exprimait invariablement par *ut*, n'importe dans quelle tonalité.

Les signes suivants, 2, 3, 4, 5, 6, 7, représentaient la suite des sons de la gamme *ré, mi, fa, sol, la, si*. Les octaves supérieures se marquaient par un point au-dessus, les inférieures par un point au-dessous du chiffre. Le tableau formait des exercices sur trois octaves, la plus grande étendue de la voix. Les demi-tons étaient marqués par des barres à travers les chiffres dans les directions opposées l'une à l'autre, suivant qu'il devait signifier un dièse ou un bémol. Les bécarres n'existaient pas. Le mode mineur, au lieu de commencer par un *ut*, commençait, dans tous les tons, par un *la*.

Il me restait à me rendre compte de la division des mesures, et je ne fus pas peu surpris d'entendre tout l'auditoire proférer des sons qui m'étaient parfaitement inintelligibles. C'était une langue dont chaque monosyllabe marquait pour ainsi dire brutalement la valeur des durées et des silences. Cette langue remplaçait les huit entiers de mesure de l'enseignement usuel, et détruisait la combinaison de cent cinq multiplié par huit. Il en résultait la conclusion que, par la méthode, la lecture du chant se trouvait facilitée, pour s'exprimer aussi en chiffres, de huit cent quarante fois,

Il ne m'appartient pas, Monsieur, de faire des réclames pour n'importe quel système ; je ne puis être que parfaitement impartial ; mais je dois à la vérité de dire que tout ce que je voyais et j'entendais était bien digne de fixer mon attention. Quand je demandai si la méthode était adoptée généralement, on me répondit que non, parce qu'elle ne valait rien pour les pianistes

Je ne pus trop m'expliquer ce que les pianistes avaient à dire dans une question de chant populaire. Il me semble qu'il y en a bien assez comme cela qui gagnent difficilement leur vie, que les ouvriers n'ont rien à faire avec les musiciens de profession et que les musiciens de profession, au lieu de soumettre les ouvriers à des études ardues et inutiles, pourraient bien les laisser chanter par le procédé qui leur enlèverait le moins de temps.

Pour ma part, je ne m'arrêtai pas à un premier essai. La société chorale Galin-Paris-Chevé voulut bien m'inviter à une matinée, où j'eus l'honneur d'amener l'illustre Rossini, et où assistèrent plusieurs de mes compatriotes. J'apportai à cette matinée deux chœurs à quatre voix, l'un de Bortsnianski, l'autre manuscrit de mon beau-père, le comte Michel Wielhorski. Les deux morceaux ne pouvaient être connus. On les transcrivit en chiffres, et ils furent lus avec une précision remarquable. Les exercices de solfége, et surtout de dictée, émerveillèrent à juste titre l'auditoire.

Des expériences de ce genre se renouvelèrent plusieurs fois, et non-seulement on ne paraissait pas les redouter, mais bien au contraire on allait au devant,

ce qui prouve suffisamment la sécurité des lecteurs.
A Vincennes, où la méthode est enseignée au gym-
nase normal de la redoute de la Faisanderie, j'eus
l'occasion d'entendre, grâce à l'obligeante hospitalité
de M. le commandant Laplane, qui me reçut avec
une politesse toute française, des exercices d'un haut
intérêt. De jeunes soldats, venus de tous les régiments
de l'armée, chantaient à livre ouvert et écrivaient
couramment, sous la dictée, après cinq mois d'études,
à trois leçons par semaine. Les voix, ainsi que celles
des ouvriers, étaient un peu rudes; elles ne se distin-
guaient ni par le timbre, ni par la souplesse; mais
elles chantaient juste et lisaient la musique comme
on lit un livre, en observant même de certaines
nuances. J'acquis de cette manière la conviction que
la méthode Chevé avait pour but principal de former
des lecteurs, et que, dans ce but véritablement sérieux et hautement utile, elle offrait les meilleures
garanties de succès. Enfin, le dernier festival de 6,000
orphéonistes, qui vient d'avoir lieu à Paris, m'a défi-
nitivement démontré l'importance de la méthode. Je
ne parlerai pas du festival lui-même, qui a été fort
beau, fort imposant et a parfaitement réussi, en in-
diquant aux masses un nouvel intérêt moral; mais ce
que je ne puis passer sous silence, c'est qu'aux concours qui eurent lieu dans trois théâtres différents
entre les diverses sociétés chorales des orphéons, les
jurys n'eurent à statuer que sur l'exécution de morceaux étudiés d'avance, tandis que la lecture et la dictée, qui sont, après tout, la base de l'enseignement,

furent mises à l'écart. Or, la société Galin-Paris-
Chevé, qui n'avait été engagée ni au festival ni aux
concours, par une omission que je ne saurais m'expliquer, a prouvé depuis sa création , et prouve avec
une rare complaisance, à qui veut l'entendre , que ce
n'est pas à étudier des airs qu'elle s'applique, mais à
lire de suite tout ce qu'on lui mettra sous les yeux.

J'ai personnellement l'intime conviction que cette
méthode serait très-utile en Russie , surtout pour le
chant du rite grec ; comme nous n'avons ni orgues
ni orchestres dans nos églises et que l'on trouve dans
notre peuple des voix du plus beau timbre , un goût
prononcé pour le chant et même une aptitude mar-
quée pour la musique en général, je voulus faire à
Paris même un essai de ce genre, et, grâce au concours
de M. Amand Chevé fils, qui voulut bien transcrire
notre messe pour quatuor de voix d'hommes , et se
mit à l'œuvre avec un zèle infatigable, on peut entendre tous les dimanches , à notre chapelle de la rue de
Berry , la messe grecque chantée en langue slavonne
par seize membres de la société Galin-Paris-Chevé.

Je serais ingrat de ne pas témoigner ici à M. Amand
Chevé ma profonde reconnaissance, ainsi que celle
de tous mes compatriotes établis à Paris ; mais
j'ai été fort surpris de lire dans votre journal que
M. Émile Chevé devait se rendre à Saint-Pétersbourg.
Rien de semblable ne lui a été officiellement proposé ,
et d'ailleurs rien ne pourrait l'arracher à Paris. Il y a
établi le cercle de son activité. Il y restera.

Lui et son maître, M. Aimé Paris, sont de ces

hommes auxquels on élève des statues après leur
mort, mais dont la vie n'est qu'une longue lutte.
Rien ne saurait donner une idée du courage, de la
persévérance, de l'abnégation, du désintéressement
de ces deux amis de l'humanité. Ainsi que Wilhem,
qui a laissé en France un souvenir justement vénéré,
mais qui n'a pas osé se frayer une voie nouvelle, ils
se sont dit que l'art du chant n'était pas seulement
le privilége du génie ou bien un métier difficile, mais
que c'était une langue pouvant être facilement intelli-
gible à l'enfant, à l'ouvrier, au soldat, à tous ceux qui,
jusqu'à présent, étaient repoussés par des difficultés
sans nombre, sentinelles maussades du sphinx musical.
Ils se sont dit encore que les classes pauvres sont
exposées à des tentations que les classes riches ne
connaissent pas ou devraient au moins ne pas connaître; que, parmi les mesures préventives contre les
mauvais entraînements, tout ce qui ennoblit l'âme,
tout ce qui occupe honnêtement les loisirs devient
d'une haute portée administrative, politique et morale. En Allemagne, la moralité publique ne doit-elle
pas beaucoup à l'étude obligatoire du chant dans les
écoles primaires? La nation française, à dire vrai, a
peu l'aptitude musicale; mais tout homme porte néan-
moins en lui, dès l'origine, cette aspiration vers
l'infini et le beau dont la musique est une des
expressions premières. Ainsi l'étude professionnelle
étant hérissée d'aspérités, il fallait trouver un enseignement prompt, car le peuple n'a pas d'argent à
donner, attachant jusqu'à l'enthousiasme, car le

peuple se rebute facilement. Il fallait qu'il apprît la musique sans s'en douter, qu'il l'acceptât pour ainsi dire à l'improviste, comme un ami et un soutien dans sa dure carrière, et que sans viser aux arcanes des régions professionnelles, il ajoutât une joie de plus aux modestes distractions de son foyer domestique.

Le principe de la méthode était trouvé depuis long-temps. Elle a même été appliquée jadis dans quelques villes d'Allemagne et à Saint-Pétersbourg, à l'école des théâtres impériaux, par Soliva, professeur de chant d'un grand mérite. Un des plus grands génies de la France, J.-J. Rousseau, eut le premier l'idée de remplacer la note par le chiffre. Mais la méthode a longtemps offert des lacunes; il fallait la compléter. Galin, mort à trente-cinq ans, perfectionna la théorie et créa l'écriture des durées, fixée par son admirable chronomériste.

Son disciple Aimé Paris y ajouta la langue des du-rées. La sœur de M. Paris, Mme Emile Chevé, gradua avec une patience dont une femme seule est capable des séries d'exercices auxquels on ne peut rien comparer dans ce genre. M. Chevé abandonna la carrière de professeur d'anatomie et de mathématiques, renonça à l'ambition, à la fortune, et consacra sa brillante élocution, la verve de sa plume aux intérêts d'une cause dont il fit sa bannière.

Depuis seize ans, apôtre enthousiaste de son idée, il ne s'est pas reposé un instant. Pour cela, dit-il, j'aurai la mort! On l'a vu pendant tout un hiver, faire deux lieues, souvent à pied, dans la neige, par des sentiers où les voitures refusaient de marcher, et cela pour donner des leçons gratuites à des soldats de Vincennes. Toute sa journée est prise; enfants, ouvriers, soldats, quiconque veut apprendre est le bien venu, et le mot argent, ce mot qui est la devise de notre siècle, n'a jamais été prononcé par lui. Plus qu'un autre de sa richesse, il a le droit d'être fier de sa pauvreté.

Les conséquences de l'enseignement sont évidentes, irrécusables, victorieuses. Il ne faut que venir et entendre pour se convaincre, mais encore faut-il venir et entendre. M. Chevé termine personnellement son 150me cours, ses disciples en font dans tous les départements. Les résultats, nous les avons constatés, et ce que nous réclamons, c'est une série d'expériences comparatives entre les diverses méthodes, c'est une polémique active, une publicité européenne, car la question n'appartient plus à un pays, elle appartient à l'humanité.

C'est avec un profond sentiment de surprise et de regret que j'ai appris que M. E. Chevé avait des ennemis et des détracteurs. J'ai tâché de me l'expliquer, et je suis arrivé à la conclusion que là aussi, de même que dans maintes autres discussions, les deux partis avaient un peu tort et un peu raison les uns vis-à-vis des autres, et que tout provenait de faute de s'entendre.

La méthode nouvelle a peut-être le tort, dans l'impatience de ses convictions, de prêcher une réforme générale. Si elle s'était contentée de demander une modification dans l'enseignement simultané d'une branche de la musique affectée aux masses chorales,

il est plus que probable que personne ne lui aurait
disputé ce qu'elle démontre par des preuves irrécusables. Mais elle a exigé trop, et on ne lui a pas accordé
assez. On ne peut pas demander à des musiciens pro-
fessionnels qu'ils jugent des questions musicales autrement que sous le point de vue de leur profession.
Ils ne voudront jamais reconnaître qu'il puisse y avoir
une langue pour les chanteurs, une autre pour les pianistes; ils n'admettront jamais de compromis et de
transitions entre les deux systèmes.

Ils diront que la musique a sa bibliographie, ses
traditions, ses lois, ses difficultés sans doute, difficultés insurmontables, pour bien du monde, mais
qu'eux, cependant, ils les ont bien surmontées. Ils
avoueront que la méthode chiffrée peut offrir quelques avantages pour les commençants, mais qu'elle
trace une ligne de démarcation à laquelle elle s'arrête
dès qu'il s'agit de piano, d'orgue, de lecture de partition.

Ainsi, au point de vue de la profession, n'ont-ils
pas précisément tort? Mais la ligne de démarcation
qu'ils désignent n'est-elle pas plutôt un bien qu'un
mal? Le musicien de profession n'aurait qu'à commencer à cette ligne où s'arrêterait celui qui ne peut,
ne veut et ne doit pas se faire artiste. La carrière
artistique est fort honorable sans doute, mais serait-
il à désirer qu'un peuple tout entier se vouât au piano?

Il est donc important de bien élucider d'abord les
questions suivantes :

1o La musique doit-elle être l'apanage d'une classe
privilégiée pareille aux maîtrises du moyen-âge?

2° Ou bien doit-elle tendre à se propager dans les masses, d'abord comme mesure préventive contre les mauvais entraînements, et ensuite pour signaler et mettre au jour les individualités douées d'une façon exceptionnelle?

Dans le premier cas, elle devient un objet de luxe, à moins de devenir un sujet de misère. Dans le second, elle tombe dans le domaine de l'utilité publique, et c'est sous ce point de vue qu'elle acquiert une véritable importance administrative.

Aussi tous les gouvernements ont-ils reconnu que l'enseignement de la musique était un moyen puissant de civilisation ; tous, ont alloué à cet effet des sommes plus ou moins considérables, mais aucun n'a établi de système général et complet qui ait pris pour base l'enseignement du peuple.

Ce fait se retrouve en France, en Italie, en Allemagne. Les gouvernements ont autre chose à faire que de s'occuper des différents systèmes de solfége, et s'en rapportent là-dessus à quelques musiciens qui deviennent juges et parties dans leur propre cause. Or, la partie pédagogique d'une science est toute autre que la science elle-même. Un grand prosateur serait souvent bien embarrassé d'enseigner l'alphabet.

Ma conviction personnelle, à ce sujet, est que l'administration musicale d'un pays, pour arriver à des résultats satisfaisants, ne peut agir qu'en vue des résultats suivants :

1° Propagation des principes de la musique dans les masses, à la portée de toutes les intelligences, de toutes les fortunes, et en mesure du temps que chacun peut y consacrer ;

2o Application de ces principes aux spécialités professionnelles. ;

3o Secours, protection, classes de perfectionnement, pour les individualités appelées à embrasser la vocation d'artiste.

Ainsi, le chant pour le peuple, le chant rendu facile autant que possible, telle serait la base première d'un système général.

Et pour cela toute simplification devient un bienfait ;

Toute facilité d'enseignement aux masses réunies devient un bienfait ;

Tout gain de temps devient un bienfait ;

Toute réduction de prix pour les livres devient un bienfait.

Le peuple n'a pas trente années à consacrer à une étude ardue ; mais le peuple chante, parce que l'homme chante depuis la création, et c'est un des bonheurs que Dieu lui a donnés.

Et si l'on parvient, en cinq mois, à lui enseigner à écrire les chants qu'il entend, à lire à première vue les mélodies qui l'intéressent, à participer au service divin, à s'associer aux joies de l'art, on a rendu un service immense, et gloire à celui qui l'a fait !

Ces résultats, la méthode de M. Chevé les obtient ; je les ai entendus et constatés, et si une autre méthode pouvait y parvenir, je serais heureux de le reconnaître, sans modifier pour cela mon admiration pour ce qui en est digne. Qu'importent les routes que l'on prend, si on arrive au même but ; l'essentiel est d'y atteindre. Tant mieux pour celui qui arrive plus vite ; cela ne diminue en rien le mérite des concurrents, car, dans une voie utile et noble, il n'y a pas, il ne peut pas y avoir de rivalités.

Il ne me viendra jamais à l'idée d'attaquer la musique savante, la musique véritable, à laquelle nous devons tous de si belles jouissances. Qu'elle garde son cortége d'armures, de clés, de tons, de portées, de notes. Que les initiés conservent leur langue, que les sacrificateurs gardent leurs formules, mais que le temple soit ouvert à tout le monde.

Les pontifes de l'art auront assez à faire dans les divers pays de l'Europe d'abord, en créant des chefs-d'œuvre pour des peuples qui pourront enfin les comprendre. Puis ils formeront les néophytes appelés à connaître les secrets du mécanisme et de l'expression, les mystères de l'harmonie et du contre-point. Ils auront à veiller à ce qu'ils ne sacrifient pas à la mode, au faux éclat, à tout ce qui perd la musique contemporaine. Il leur inspireront les bonnes traditions et le culte des grands maîtres. Ils les aideront de leurs conseils et de leur protection auprès de l'autorité. Ils leur apprendront surtout à respecter, sans distinction de bannière, tout ce qui concourt au bien de l'art qu'ils représentent, tout ce qui contribue à l'utilité qui en résulte pour leur patrie et l'humanité.

Agréez, Monsieur, etc.

Paris, 22 mars 1859. Cte SOLLOHUB.

L'article suivant est emprunté à l'*Opinion nationale* (n° du 12 mars 1860). On ne peut mieux exposer en quelques pages *la méthode*. Tonalité, rhythme, langue des durées, y sont successivement passés en revue. Je signale surtout au lecteur le passage relatif à la langue des durées : « Cette langue, qui fait l'effet d'un » tambour parlant, prête facilement à la plaisanterie. » Tous ceux qui ont fait ou suivi quelque cours, ou simplement assisté à une dictée, ont pu s'en convaincre. « Mais, dès qu'on se rend compte de sa logique et de son immense utilité, on n'a plus envie de rire que des rieurs. » J'ajoute que ceux qui ne sont pas assez éclairés pour se rendre compte de la logique, ou assez dociles pour suivre les conseils du maître, n'arrivent jamais à écrire sous la dictée, ni à lire très-correctement. — Avis aux nouveaux venus.

C'est au poète à faire de la poésie,
disait autrefois un sage, et au musicien à faire de la musique; mais il
n'appartient qu'au philosophe de bien
parler de l'une et de l'autre.

(J.-J. ROUSSEAU. *Lettre sur la
musique française.*)

Un soir, — il y a deux mois environ de cela, — M.
Wagner se présente à l'école de médecine à l'heure du
cours de musique de M. Chevé, et remet au professeur
des chœurs de sa composition dont il désire entendre
la lecture. M. Chevé confie à son fils le soin de continuer
la leçon commencée, passe dans une pièce voisine, écrit
la musique de M. Wagner sur le tableau, et vient mettre ce tableau sous les yeux de ses élèves. A l'instant
même, le cours entier, sans le soutien d'aucun instrument, sans autre indication que celle du ton par le
diapason, chante la musique de M. Wagner. — Enten-
dez bien ceci, *la musique de M. Wagner !* — avec une
sûreté d'intonation, une solidité de rhythme, une indication des principales nuances, à faire croire non à

une lecture à première vue, mais à une véritable exécution. M. Wagner s'est retiré confondu d'étonnement, après avoir remercié ces choristes uniques et leur admirable professeur. De sa vie il n'avait rencontré pareille chose.

Voilà des résultats certes fort extraordinaires. Les élèves d'un cours gratuit, où l'enseignement se pratique sur des centaines d'individus à la fois, où l'on reçoit tous ceux qui se présentent sans choix d'aucune sorte, font ce que ne pourraient faire les choristes-artistes de la société du Conservatoire et de l'Opéra.

Mais, dira-t-on, sans doute, car c'est un des travers de l'esprit humain de chercher des défauts aux bonnes choses et des qualités aux mauvaises, de tels résultats ne peuvent être obtenus qu'après beaucoup d'années de travail. Voici la réponse :

Les élèves du premier cours fait par M. Chevé, à l'École Polytechnique, lisaient à première vue des morceaux d'ensemble faciles, des *canons*, par exemple, au bout d'un très-petit nombre de leçons ; après quelques mois de cours, ils étaient en état de déchiffrer sans hésitation tous les morceaux du répertoire de la musique chorale.

Sans doute, les élèves de l'École Polytechnique sont des jeunes gens d'une intelligence très-cultivée et souvent exceptionnelle. Mais le sentiment musical, on le sait, ne vit pas dans une liaison bien intime avec l'esprit mathématique, et la plus grande intelligence du monde ne peut servir, faute d'une certaine organisation ou d'une certaine méthode, qu'à comprendre

la science musicale, non à manifester l'art par l'exécution.

Mais, dira-t-on encore, ce peu de temps qu'il faut
pour former des musiciens, est nécessairement rempli
par des travaux très-rudes et très-fatigants.

Les élèves de l'Ecole Polytechnique, de l'Ecole Normale et de l'Ecole préparatoire de Sainte-Barbe, prennent *volontairement*, sur leurs heures de récréation,
si nécessaires dans une vie remplie comme la leur d'un
travail incessant, le temps de suivre les cours de M.
Chevé, et trouvent que son enseignement est encore
de la récréation, tant les résultats du plus charmant
des arts, y viennent vite récompenser de la peine prise
pour pénétrer dans la science.

Que s'est-il donc passé dans la musique? Les choses
jadis n'allaient pas de la sorte, et ne vont pas encore
partout de la même façon.

Il s'est passé que la *méthode*, cette chose éminemment française, avec laquelle Descartes, en un simple
discours en langue vulgaire, a renouvelé toute la philosophie , il s'est passé que la méthode a fait enfin
irruption dans l'enseignement de l'art dés sons et des
rhythmes, et que l'arbre, cultivé par un habile jar-
dinier, bien abrité par ses soins de la *mal'aria* du
moyen-âge, porte naturellement des fruits savoureux
dès l'aurore de la saison.

Nous entendons d'ici les malédictions, les objections et les réclamations d'un nombre infini de
personnes, qui vont s'écrier: « Comment, il n'y avait
pas de méthode pour enseigner la musique avant la

venue de M. Chevé ! Mais cette proposition téméraire
n'est pas soutenable un seul instant. Nous connaissons au moins cinq cents méthodes de musique. »

Des livres appelés *méthodes*, oui, nous les connaissons aussi, et c'est précisément parce que nous les
connaissons que nous pouvons nier, sans la moindre
audace, l'existence de la *méthode* dans ces ouvrages
sans gradation logique, sans définitions précises, où
des exercices pratiques d'une valeur plus ou moins
grande, sont accumulés sans ordonnance, ou d'après
une mauvaise ordonnance, et accompagnés de textes
qui laissent tout à désirer au lecteur, s'il est doué d'un
peu de raison et de grammaire.

Est-ce donc là *la méthode*, cette chose puissante
entre toutes, dont la philosophie, les mathématiques
et toutes les sciences dignes du nom de science, tirent
le meilleur de leur fécondité? Certes, non!

Exagérons-nous? les preuves de ce que nous avan-
çons surabondent! Ainsi, la méthode de Wilhem, bien
plus raisonnable et bien mieux raisonnée que les précédentes, n'a pu résister à l'épreuve d'une longue expérience, faite sur la plus grande échelle. On a dû prier
M. Halévy de consacrer une partie de son temps à la
rédaction d'une nouvelle méthode, et les *leçons de
lecture musicale* ont vu le jour. Seront-elles plus heureuses que le travail de Wilhem? Il est permis d'en
douter, et même d'en douter fortement, lorsque ouvrant
le livre au hasard, on trouve, entre cent choses de la
même précision, un chapitre intitulé: « LA LIAISON OU
SYNCOPE. » Comme si ces deux choses, que l'auteur con-

fond dans cette synonimie impossible, avaient entre elles le moindre rapport d'identité.

Un moment, — moment béni, — on avait pu concevoir l'espérance de voir la musique sortir du chaos des méthodes, pour entrer enfin dans la route lumineuse de la *méthode*. C'était aux commencements du Conservatoire. Le premier directeur de cet établissement, M. Sarrete, homme de tête, homme de bien, simple amateur, non musicien de profession, sentit que, pour fonder une véritable école, il fallait un corps de doctrine, un ensemble raisonné de moyens d'enseignements, la *méthode* enfin. Il nomma des comités de rédaction, fit examiner leurs travaux préparatoires et finit par adopter un certain nombre d'ouvrages ; de cette impulsion sont nés à diverses époques le traité d'harmonie de Catel, aujourd'hui débordé par les progrès de l'art des accords, la méthode de violon dite du Conservatoire, la bonne méthode de piano de Louis Adam, débordée aussi par les progrès de la facture et de l'exécution, et plus tard l'excellente méthode de cor de M. Dauprat; mais rien dont le souvenir mérite d'être conservé pour l'enseignement général de la musique.

Aussitôt que M. Sarrete eut commencé son œuvre, on vit une chose dont la narration surprendrait fort les gens candides. Le peuple des musiciens s'émut, comme s'il s'agissait de l'abomination de la désolation : pamphlets, brochures, satires en vers et en prose, réclamations, doléances, intrigues, trames, manœuvres, tout fut mis en avant pour empêcher l'enseigne-

ment musical de devenir moins obscur et moins ar-
bitraire. Il faut lire, pour y croire, les détails de cette
affaire étrange dans la biographie de Catel.

Deux raisons nous font considérer les moyens d'enseignement de l'école Galin-Paris-Chevé comme *la
méthode* tant cherchée et tant désirée. La première,
c'est que les inventeurs, au nombre desquels il faut
compter l'illustre et malheureux J.-J. Rousseau et
Mme Chevé, se sont tenus le plus près possible de la
nature des choses de la musique, élaguant sans pitié
tout ce qui, dans la tradition, forçait l'élève à faire un
détour pour aborder les deux points capitaux, nous
allions dire les seuls points de l'apprentissage musical,
à savoir : l'intonation et le rhythme. La seconde, c'est
qu'ils présentent une langue très-bien faite et très-com-
plète, où chaque chose de la science a son nom propre,
où chaque nom a sa chose, sans que jamais deux
choses subissent le même nom, ou deux noms servent
à la même chose. Or, une langue spéciale bien faite
est un point capital pour une science, et c'est même
sur la perfection de sa langue que les philosophes jugent l'état de perfection de cette science elle-même.
La langue des mathématiques est la plus parfaite de
toutes, et la chimie a fait de véritables et grands progrès, surtout depuis l'invention de ses admirables
nomenclatures.

Après une longue et douloureuse gestation de plus
de onze siècles, deux grands faits ont surgi des entrail-
les de la musique, malgré les nombreuses invasions
des barbares et des savants. Ces deux grands faits se

nomment la *tonalité* et le *rhythme*. A eux seuls, ils
constituent tous les moyens réels de l'art pour atteindre les effets moraux qui sont son véritable but. Le
reste, si reste il y a, est tout-à-fait secondaire et
soumis d'ailleurs au rôle principal, comme la modulation, par exemple, est soumise à la tonalité.

Le problème de la vraie méthode consiste donc uni-
quement à trouver les moyens les plus directs d'enseigner la *tonalité* et le *rhythme*, car on sait toute la
musique élémentaire lorsqu'on sait ces deux choses.
Les questions de notation, de modulation, de transposition, dont on fait tant de bruit, sont des objets tout
à fait secondaires, indignes de l'importance qu'on leur
donne. Leur étude, d'ailleurs, est un jeu d'enfant
pour qui s'est rendu maître des deux points essentiels.

Donc, *la méthode* aborde résolument, le premier
jour, l'étude de la *tonalité* par la gamme, c'est-à-dire
par la formule qui présente tous les éléments de cette
tonalité dans le meilleur ordre qu'on ait pu trouver;
et comme l'apprentissage des lignes, des intervalles,
des clés, des noms de notes qui sont les mêmes tantôt
sur la ligne, tantôt dans l'intervalle, serait une cause de
retard et de refroidissement, on l'ajourne et on a
recours d'abord à l'écriture naturelle, c'est-à-dire au
numérotage des degrés de la gamme par les chiffres
1 2 3 4 5 6 7, qu'on nomme des noms consacrés *ut ré
mi fa sol la si*; et comme aussi la différence des points
de départ de la gamme, dont on a tiré les douze
gammes de la notation et du clavier, n'établit aucun
changement dans les rapports d'intervalles qui,

seuls, constituent la *gamme*, on exprime toujours ces rapports identiques par les mêmes chiffres et les mêmes noms. La nature n'a fait qu'une gamme ; on n'apprend que cette gamme, on n'écrit, on ne nomme que cette gamme. On obéit à la loi de Dieu avant d'obéir à celle des successeurs de Guin d'Arezzo et des facteurs de pianos. C'est là une terrible chose, bien capable de justifier toutes les critiques, toutes les indignations, toutes les colères.

Ainsi, une gamme unique et non pas douze gammes ; une écriture fixe qui marque toujours par le même chiffre, le même degré de cette gamme, et des noms fixes pour solfier chacun de ces degrés. Il faut bien l'avouer, c'est dans *la méthode* que la *tonique* se nomme toujours *ut* et non dans la solmisation par *nuances* à laquelle on l'a si malencontreusement comparée. Mais ne revenons pas sur cette comparaison, qui a valu à nos lecteurs une discussion si longue et si technique (1), largement compensée pour eux, d'ailleurs, par l'avantage qu'ils ont eu de goûter les primeurs de ces trois inventions prodigieusement nouvelles, merveilleusement inattendues, de M. Halévy, à savoir : la modulation sans sortir de la gamme, la tonique de l'hexacorde, *et le dogme de la présence réelle de l'ut dans le fa.*

A ces moyens très-décisifs d'enseignement de la *tonalité* par la gamme, la méthode joint une série

1. Voir *l'Opinion nationale*, les numéros des 21, 25, 27 et 29 février 1860.

d'exercices pratiques si bien combinés , qu'ils font
entrer les intonations dans la mémoire et dans l'imagination des élèves , comme le marteau fait entrer les
clous dans un mur. On a dit que ces exercices n'avaient
aucune valeur musicale. Si l'on entend par valeur musicale de belles basses en contrepoint fleuri, avec imita-
tions et contre-sujets , ils n'ont en effet aucune valeur
musicale, car ils n'ont pas de basse du tout. Mais ils
ont une immense valeur *pédagogique*, — le mot est
ridicule, mais la chose est sacrée, a dit M. Cousin, qui
s'y connaît, — et c'est en vérité tout ce qu'on est en
droit de leur demander. Ils enseignent la musique ,
mais ils n'ont pas de valeur musicale. Ainsi soit-il ,
puisqu'on l'affirme !

Les modes n'étant que des manières d'être de la
gamme, la modulation n'étant que l'établissement
des rapports constitutifs de cette gamme sur un nouveau point de départ, le genre chromatique n'étant
qu'une manière d'appliquer les demi tons de cette
même gamme entre ses tons , il se trouve que lorsqu'on sait parfaitement bien la gamme, on n'a pas
plus d'efforts à faire pour aborder les modes, la modulation et le chromatique qu'il n'en faut pour tirer
des conséquences prochaines d'un principe bien compris. Tout découle de l'unité, tout y rentre. Dans *la
méthode*, cette unité de gamme est représentée par
l'unité des signes écrits, par l'unité des noms, et tous
les exercices n'ont pour but que de la faire passer dans
le sens pratique des élèves. C'est précisément pour cela
qu'elle est *la méthode*.

Pour l'étude du rhythme, la même concentration de moyens produit la même puissance. Le *temps* est l'unité des valeurs de durée : c'est le *temps* qu'écrit la méthode, c'est le *temps* qu'elle nomme, qu'elle multiplie ou divise. Tous les signes nus, le chiffre pour le son, le point pour la prolongation du son, et le zéro pour le silence, expriment le *temps*. Tous les signes groupés par deux et couverts d'un trait horizontal, expriment le *demi-temps*, et groupés par trois, le *tiers de temps*. Les quarts et les sixièmes sont couverts par deux traits horizontaux, et les plus petites divisions par trois ou quatre traits. De cette façon, les huit signes par lesquels la notation peut exprimer le *temps* sont réduits à un seul signe, et les dix-huit sortes de mesures usitées aux six sortes de mesures que donne la nature des choses. Ainsi, cette écriture, admirable invention de Galin, exprime plus clairement que la notation, et avec huit fois moins de signes, toutes les combinaisons rhythmiques en usage, et peut en exprimer d'autres auxquelles la notation ne saurait atteindre ; c'est vraiment impardonnable !

Mais venons à la langue. Dans *la méthode*, les degrés chromatiques ont chacun leur nom. Par les procédés ordinaires de solmisation, le *ré* naturel, le *ré* dièze et le *ré* bémol, se chantent toujours avec la seule syllabe *ré*, sans que rien indique dans sa prononciation la différence des trois sons. Est-il plus clair, plus positif, plus philosophique, que trois choses différentes aient le même nom, ou qu'elles aient chacune un nom différent. Il paraît que la con-

fusion des choses dans un seul nom vaut infiniment
mieux !

Quand la solmisation ordinaire a dit : *un, deux,
trois, quatre*, elle a épuisé son vocabulaire rhythmique.
Celui de *la méthode*, donne un nom particulier à
chaque division du *temps*, et permet de *parler le
rhythme*, c'est-à-dire de l'étudier indépendamment
de l'intonation, et de se rendre compte, sans diversion
possible, des difficultés qu'il présente. Aussi voit-on
les élèves de quatre leçons aborder, sans sourciller,
des syncopes fort rebarbatives.

Nécessairement, cette langue rhythmique doit être
formée de syllabes très-accentuées, très-sonores et
très-*roulantes*, pour se prêter à toutes les exigences
d'un *scandé* bien articulé et très-rapide. On n'avait
pas l'embarras du choix. On a pris les meilleures
voyelles, les meilleures consonnes, et moyennant
beaucoup de logique, on en a construit un idiôme si
propre à son objet, que nous pourrions, s'il était plus
répandu, raconter ici, avec le secours de ces mots, le
rhythme d'un morceau de musique, comme on raconte le dénouement d'une pièce.

A considérer les choses par le côté superficiel, cette
langue rhythmique, qui produit l'effet d'un tambour
parlant, prête facilement à la plaisanterie. Nous ne
désespérons même pas de la voir figurer, comme élément comique, dans quelque revue de fin d'année. Mais,
dès qu'on se rend compte de sa logique et de son
immense utilité, on n'a plus envie de rire que des
rieurs.

5**

Par ce grand ensemble de moyens décisifs, dont nous supprimons à dessein tous les détails , *la méthode* met, en très-peu de temps, ses élèves en état de chanter à première vue tout ce qui peut s'écrire , et d'écrire à première audition presque tout ce qui peut se chanter.

De tels résultats parlent d'eux-mêmes. Mais on dit : « Nous obtenons aussi les mêmes résultats par d'autres procédés. » C'est possible! seulement la différence, c'est que, depuis vingt ans, M. Chevé demande , avec un entêtement à la fois apostolique et breton, une épreuve comparative entre les méthodes pour faire constater la supériorité ou l'infériorité de la sienne, et que, depuis vingt ans , on le repousse , sous divers prétextes. C'est encore que les directeurs des autres procédés d'enseignement reculent devant la constatation de l'efficacité de leurs moyens, en élaguant systématiquement des concours de sociétés chorales les épreuves de lecture à première vue.

Ces concours alors ne sont plus que des *concours d'exécution*, non des *concours scientifiques*. Vous prouvez que vous formez des choristes! mais les théâtres sont pleins de bons choristes formés par le procédé du *perroquettisme*, lesquels ne savent pas une note. Il faut prouver, si vous tenez à faire croire à vos résultats , que vous formez *des musiciens*, et les épreuves de lecture à première vue et d'écriture à première audition, sont les seuls moyens d'administrer la preuve nécessaire. Jusque-là , on a le droit de croire ou de ne pas croire à vos résultats , selon la foi qu'on possède.

Dans un écrit dirigé contre *la méthode*, on dit : « La musique a aussi ses *docteurs noirs*. » Soit, nous acceptons, malgré tout, l'assimilation pour un instant. Eh bien ! agissez envers M. Chevé comme les médecins ont agi envers le docteur noir. Ils lui ont donné des malades à traiter, ce qu'on appelle une clinique. S'il ne les a pas guéris, c'est sa faute, et l'épreuve est péremptoire. Pourquoi n'imitez-vous pas les médecins ?

Les grandes doléances des adversaires de *la méthode* se résument ainsi : « Vous appelez la tonique toujours *ut*, tandis que sur le clavier elle peut prendre tous les sons possibles, et vous méconnaissez, avec vos chiffres, la notation musicale, cette écriture universelle, ce chef-d'œuvre des siècles, etc. »

« Oui, pourrait répondre M. Chevé, nous appelons la tonique toujours *ut*, parce qu'il est naturel et logique de donner toujours *le même nom* au *même degré de la gamme*. Mais en deux leçons, je mets mes élèves en état de l'appeler comme on voudra. Est-il juste, d'ailleurs, de subordonner l'instrument de Dieu, la voix, à l'instrument des facteurs, le clavier, tant qu'on n'a pas offert un piano à chacun des quinze cents mille musiciens que je prétends faire surgir d'ici à dix ans en France, au moyen de la graine que je sème dans les terrains féconds de l'École Polytechnique, de l'École Normale, et de l'école préparatoire de Sainte-Barbe ?

» Quant à la notation, mes élèves l'apprennent avec le méloplaste de Galin, et la savent lire non-seulement sur deux clés comme les vôtres, mais sur toutes les clés. C'est une écriture universelle, dites-vous. Oui, à condition que M. Farrens traduise à grand renfort de bésicles, comme dit maître Alcofribas, les œuvres des clavecinistes des deux derniers siècles en notation actuelle. Et puis, quand elle serait universelle! les chiffres romains étaient bien universels, alors que Rome possédait tout l'univers connu. Fallait-il pour cela repousser les chiffres arabes?

Mais la question entre M. Chevé et ses antagonistes va être vidée dans un concours plus vaste et plus solennel que celui qu'il demande depuis vingt ans. Ce n'est pas entre deux sociétés chorales qu'il aura lieu, mais entre deux grands empires, la France et la Russie. M. Chevé, à la demande de l'Empereur de ce dernier pays, va partir pour Saint-Pétersbourg. Là, soutenue, protégée, *la méthode* portera ses fruits naturels, et nous aurons dans quelques années, si Dieu nous prête vie, le plaisir et la douleur à la fois de constater qu'un peuple à demi-barbare, mais dépourvu de savants, est plus apte à recevoir le progrès qu'un peuple tout à fait civilisé, mais entravé dans ses mouvements par l'avantage qu'il possède de renfermer un grand nombre de savants dans son sein.

ALEXIS AZEVEDO.

LES MUSICIENS

CONTRE LA MUSIQUE.

Les loups ne se mangent pas entre eux, dit un
proverbe. Voici un Russe, le comte Sollohub, chambellan de Sa Majesté l'Empereur de Russie, qui vous
démontre que la sagesse des nations a tort, et que bel
et bien certains loups se mangent entre eux. Devinez-
vous quels sont ces loups extraordinaires? Ce sont les
musiciens. Qu'on nie après cela l'influence de la musique sur les mœurs et sur le caractère. Si vous êtes
curieux de constater le fait, demandez à votre libraire
la brochure du comte Sollohub : « *les Musiciens con-*
tre la Musique. » Pour la modeste somme d'un franc,
vous pourrez, sans quitter votre cabinet, goûter tout

3***

le plaisir que procure une délicieuse comédie. « C'est
» un hasard si je l'ai lue, dit en parlant de cette bro-
» chure un spirituel journaliste (1). Je connais fort
» peu de musiciens, et ne connais pas la musique.
» Elle n'était donc pas faite pour moi. Je l'ouvris par
» distraction, au moment où on me l'apporta, et j'en
» parcourus quelques lignes en flanant. Dix minutes
» après, j'étais plongé dans cette lecture jusqu'au
» cou; je m'en donnais à cœur joie. On n'écrit pas
» avec plus d'esprit et en meilleur français que ce
» grand seigneur Russe. Ce petit livre est un chef-
» d'œuvre de plaisanterie fine et délicate; il est im-
» possible de raisonner avec plus de sens et de s'ex-
» primer avec plus de goût. Il s'agissait d'une discus-
» sion musicale, et je comprenais, j'en étais stupéfait
» et ravi. On croit que, pour exposer une question au
» public, il faut un homme du métier; un homme de
» bonne compagnie, qui la connaît, vaudra toujours
» mieux. Il sait ce qu'on doit retrancher de la science
» pour ne pas rebuter son monde; il est clair, il est
» bref; il dit la vérité, et la pare de toutes les grâces
» d'un esprit bien fait. » Mais si vous désirez posséder
ce petit bijou, ne perdez pas temps. Il pourrait bien
se faire qu'il n'y en eût pas pour les derniers. En pré-
vision de ce malheur, je vais tâcher de vous en donner
au moins une analyse.

(1) Francisque Sarcey (*Opinion nationale*, du numéro
du 29 juillet 1860.

I

Elle commence comme un roman : « Une main
» mystérieuse a déposé, il y a quelque temps, chez
» mon concierge, à St-Pétersbourg, une brochure in-
» titulée : *Observations de quelques musiciens et de
» quelques amateurs sur la méthode Chevé* » Les
musiciens aiment le mystère. Ce qui est arrivé au
comte Sollohub est arrivé à un grand nombre d'autres
personnes, à votre serviteur, par exemple. J'ai eu
l'heureuse idée de faire un cours de musique vocale.
Il n'en faut pas davantage pour faire de moi un per-
sonnage, un homme important. Je recommande cette
recette à ceux qui brûlent du désir de paraître quelque chose. Je reçois, sans les demander, les brochures de M. Halévy, et bien d'autres. Mais je me garde-
rai b'en de les mettre toutes sur le même plan. Celles
de M. Halévy sont imprimées sur fort beau papier, en
magnifiques caractères, pour tout dire en un mot,
elles sortent de la librairie Dentu. Je n'ai même pas
à payer le transport par la poste. *Une main mystérieuse* les dépose chez le concierge du Lycée. Quelle est
cette main? Je ne puis pas croire que M. Halévy ait
pensé à moi. J'incline à penser que quelque compa-
triote charitable, saisi tout à coup pour moi d'une
vive affection, aura espérer me tirer de mes égare-
ments. Je lui offre le public hommage de ma gratitude,

et s'il lui plaît de se faire connaître, je tiens à sa disposition la brochure du comte Sollohub et celle de M. Chevé.

Un bienfait n'est jamais perdu.

Vingt-trois musiciens, parmi lesquels figurent des gloires du monde musical (on n'y trouve pas Rossini cependant) ont résolu d'anéantir à tout jamais « la » méthode par chiffres et son professeur par dessus » le marché. C'est un acte de justice, un châtiment » exemplaire, une expiation vengeresse, un arrêt de » mort. Pauvre M. Chevé ! *De profundis !*... Tout un » cenacle olympien, tout un jury de demi-dieux lan- » cent, avec un dédain suprême, les foudres de l'ex- » communication contre ce malheureux chiffre, fai- » sant l'école buissonnière en dehors des voies consa- » crées de la musique légale. » Ils ont la sottise de donner quelques paroles de commisération et de cour- toisie au comte Solluhub ! et lui donnent par là le droit de leur répondre. C'est de ce droit que « ce noble étranger », comme ils l'appellent, se hâte de profiter. Ce n'est point pour se défendre personnellement. Il a pour règle de conduite de ne répondre à aucune polé- mique. Il ne veut pas davantage défendre M. Chevé ; il le sait assez fort pour se défendre tout seul. Homme convaincu, il dit ce qu'il croit être la vérité. S'il prend la plume, c'est pour éviter un malheur ; car la bro- chure officielle peut priver son pays d'un grand moyen de civilisation. Chemin faisant, il rencontre des ca- lomnies contre son professeur, il les réfute, parce que

son âme en est indignée, et que, suivant l'expression
d'Edmond About : « tous ceux qui ont goûté la manne
de l'enseignement de M. Chevé sont pris d'une sorte
» de passion pour leur admirable maître. Ils le con-
» sultent à toute occasion ; ils lui confient le soin de
» leur santé et la direction de leurs affaires ; ils lui
» soumettraient au besoin des cas de conscience, s'il
» avait le temps de les écouter. Ils l'aiment! »

Après avoir tracé à grands traits le rôle que la musique, l'art en général, est appelée à jouer, de concert
avec la religion, dans notre société moderne, dont le
trait distinctif est « le déchaînement des intérêts ma-
tériels et la fermentation des égoïsmes, » il expose
nettement la question débattue, distinguant la musique comme science de la vulgarisation de la musique.
« Son importance devient préventive. Elle devient une
» mesure de police si l'on veut ; car plus il y aura de
» moyens et de méthodes pour s'en occuper, plus il
» y aura de personnes qui s'y adonneront, et plus il
» y aura de nouvelles écoles et de discussions à ce
» sujet, plus il y aura d'utilité à en attendre ; et les
» gouvernements seraient bien aveuglés si cette vérité
» ne leur sautait pas aux yeux. » Ce que M. le comte
Sollohub déplore par dessus tout c'est l'orthodoxie
musicale. « Toutes les langues sont bonnes, quand
» elles disent de bonnes choses ; seulement il y en a
» qui sont plus complètes, et partant plus difficiles.
» Il y en a qui sont moins complètes, quoique plus
» que suffisantes pour la majorité, et en conséquence
» plus accessibles. Faut-il les proscrire ou les encou-

» rager ? Faut-il laisser mourir de faim l'homme qui
» ne peut pas dépenser un louis pour son dîner?...

La question du débat actuel, ainsi nettement établie,
l'auteur raconte comment par ordre de l'Empereur de
Russie il a parcouru toute l'Europe pour y prendre connaissance des différentes méthodes d'enseignement musical qui s'y professent. Arrivé à Paris, il entre en relation avec les sommités artistiques, les pontifes de l'art;
il visite le Conservatoire, assiste à tous les concours,
à tous les concerts, et comment résume-t-il ses impressions? « En somme, dit-il, l'étranger est frappé
» de trouver en France, au point de vue de la musi-
» que, un établissement supérieur renommé (le Con-
» servatoire), pas, ou presque pas d'établissements
» secondaires, et comme établissements du premier
» degré, des maîtrises en décadence, des sociétés
» chorales, des orphéons dont la création est récente,
» facultative, incomplète. Les études n'y sont point
» constituées au point de vue des exigences méticu-
» leuses de la pédagogie! et ce fait est si vrai que c'est
» l'émule de Rossini et de Meyerbeer, M. Halévy lui-
» même, qui a daigné écrire, de la même main qui
» a noté la *Juive*, un petit cours élémentaire à l'usage
» des commençants, exactement comme Victor Hugo
» aurait écrit un alphabet. Ce travail était nécessaire,
» la méthode de Wilhem, le créateur du chant popu-
» laire en France, ayant été d'abord soutenue à ou-
» trance, puis reconnue insuffisante. M. Halévy,
» compositeur, membre de l'Institut, secrétaire per-
» pétuel de l'Académie des Beaux-Arts, est une auto-

» rité devant laquelle chacun doit s'incliner, mais
» dans la spécialité lumineuse à laquelle il doit son
» illustration, M. Halévy, le grammairien, le maître
» d'école, peut se tromper, par la raison toute simple
» que, passé maître dans son art, il doit voir l'élève
» au point de vue de la musique et non la musique au
» point de vue de l'élève; et que, pour être un génie,
» on n'est pas pour cela un pédagogue, qu'au con-
» traire, on a la plus belle des excuses pour ne pas
» l'être. »

Arrivant ensuite à l'école Galin-Paris-Chevé, le
comte Sollohub raconte, en abrégé, les tribulations de
nos maîtres. On a souvent reproché à M. Chevé des
violences de langage. Le noble comte pose la question
dans ses vrais termes. « M. Chevé a-t-il été contraint
» oui ou non, et devait-il se taire, ou répondre par
» l'hypocrisie aux injustices dont il était ou se croyait
» être la victime, ce qui pour lui est exactement la
» même chose? Et puis, malheureusement, là on l'in-
» différence et le parti pris se bouchent les oreilles ;
» que reste-t-il à faire, si ce n'est de crier de toute la
» force de ses poumons pour tâcher de se faire enten-
» dre? On se tait quand il s'agit de soi-même, mais
» on crie jusqu'à son dernier souffle quand il s'agit
» du bien de tous. Voilà pourquoi M. Chevé parle
» haut et fort. A qui la faute? » Or, depuis 1859 jusqu'en 1851, M. Chevé a fait 18 démarches officielles
pour obtenir que l'on comparât ses procédés avec ceux
de l'enseignement en usage. Les autorités, ennuyées
et embarrassées d'avoir une résolution à prendre dans

cette affaire, en référaient à la musique officielle.
Ainsi, ceux-là même qu'on accusait avaient à statuer
sur la valeur de l'accusation. Ils étaient à la fois juge
et partie. Aussi « l'homme enthousiaste et convaincu
» fut déclaré un intrigant, un esprit fâcheux, s'atta-
» quant à toutes les gloires, à toutes les autorités, »
et représenté dans le journal *l'Orphéon*, organe de la
musique officielle, comme un jongleur, un révolu-
tionnaire risible, un apôtre du type le plus funèbre et
le plus ennuyeux. Les torts n'étaient pas du côté de
M. Chevé. Ses adversaires étaient nombreux, bien sou-
tenus. Il n'avait pour toute force que sa conviction.
Son langage fut celui d'une conviction honorable.
Mais ceux qui ont écrit seulement une fois sous cette
inspiration savent combien elle peut animer même
l'homme le plus calme et le plus désintéressé. Quoi
d'étonnant qu'il n'ait pas inspiré de la sympathie aux
juges qu'il attaquait. Quoique la vérité soit presque
toujours maladroite, à en juger au moment même,
je suis convaincu qu'elle est le chemin le plus court
pour arriver au but. Dire la vérité, rien que la vérité,
mais toute la vérité, voilà la vraie science du succès.
Cela a l'air d'un paradoxe, et pourtant voyez ce qui
est arrivé ici. M. Chevé a irrité ses juges, j'en conviens, mais, en les ménageant, eût-il mieux obtenu
ce qu'ils avaient décidé de lui refuser, une expérience
comparative des deux systèmes d'enseignement? Non,
au contraire, par sa franchise, pour un ennemi qu'il
s'est mis sur les bras, il s'est fait cent amis dévoués,
non-seulement dans le peuple, mais dans les classes

intelligentes. En usant de ménagements, M. Chevé aurait passé pour un faux docteur, un homme qui n'est pas sûr de ce qu'il avance; et il n'aurait jamais trouvé les hautes protections qui lui permettent d'espérer une justice prochaine. Rien n'est contagieux comme la conviction et l'enthousiasme. Aussi, tandis que son système d'enseignement était repoussé sans examen préalable, les premières écoles du pays l'adoptaient. Ici je laisse le comte Sollohub raconter lui-même ce qu'il a vu à Paris.

« Après avoir payé mon juste tribut d'admiration
» au Conservatoire dans ce qu'il a d'admirable, je me
» retournai vers les institutions qui devaient en étayer
» l'existence. Je ne dirai pas que je ne trouvai rien ;
» mais je ne trouvai rien de stable : des orphéons, des
» sociétés chorales, des clubs de musique qui forment
» sans contredit un passe-temps très-utile, mais qui
» ne sont ni de l'enseignement général, ni de l'en-
» seignement obligatoire, sans lequel aucun élément
» d'éducation publique ne peut être dûment propagé. »

« Je me convainquis d'une vérité qui, je le suppose,
» ne trouvera pas d'antagonistes : c'est qu'avant d'éta-
» blir des universités, il est urgent d'avoir d'abord des
» écoles communales, puis des gymnases, et d'arriver
» par gradation aux sommités académiques; autre-
» ment dit : en toutes choses le plus logique est de
» commencer par le commencement. Ce principe, ap-
» plicable à toutes les humanités, doit-il être appliqué à
» la musique? La musique est-elle reconnue un ensei-
» gnement d'une haute utilité générale, oui ou non ?

4

» Si c'est non, mettons-la de côté et n'en parlons plus;
» ne faisons pas de bruit inutile pour un semblant
» d'organisation. Si c'est oui, faisons pour la musique
» ce que nous faisons pour la grammaire, pour les
» mathématiques. Commençons par faire épeler tout
» le monde. Puis nous choisirons les privilégiés de la
» nature, pour en faire des hommes instruits; puis
» d'entre les hommes instruits surgiront les hommes
» de talent; ils écriront de bons livres, nous les salue-
» rons avec respect et nous les applaudirons avec
» enthousiasme. »

» Tout cela est bel est bon, pourra-t-on me répon-
» dre, pour l'éducation humanitaire; mais il est plus
» aisé de former individuellement quelques artistes
» que d'imposer un nouvel élément à tout un peuple.
» Voilà pourquoi les conservatoires, qui sont aux écoles
» ce que la philosophie transcendante est à l'A B C,
» ont partout précédé l'enseignement primaire, et la
» musique est trop difficile et trop peu répandue pour
» trouver un nombre suffisant de maîtres qui puissent
» l'enseigner aux élèves, et exiger des élèves le sacri-
» fice d'un temps dont ils ont besoin pour autre chose. »

» Nous y voilà !

» La musique est donc difficile. C'est la vérité nue,
» la vérité incontestable. La musique est difficile. Ni
» Marx, ni Gebhardi, ni Wilhem, ni Mainzer, ni
» M. Halévy, ni un millier d'autres n'ont trouvé le
» moyen d'en simplifier l'étude. Ils ont pris des lois
» consacrées, des faits existants, ils en ont interverti
» l'ordre, ils ont mis ceci avant cela, ils ont compilé,

» arrangé, classé. C'est très-méritoire à des maîtres de
» profession, c'est très-gracieux à une sommité artisti-
» que; mais ils n'ont pas simplifié les lois, ils n'ont
» pas établi des faits nouveaux et plus accessibles à la
» majorité; ils n'ont pas créé, en un mot, la langue
» pratique, universelle, à laquelle M. Chevé et son
» école travaillent avec tant d'ardeur. »

» Quand j'entrai pour la première fois à l'amphi-
» théâtre de l'Ecole de médecine, je fus vivement im-
» pressionné de voir près de cinq cents ouvriers éche-
» lonnés autour d'un professeur qui, debout devant
» un tableau, leur exposait les principes de son ensei-
» gnement, et, de déduction en déduction les amenait
» à trouver par eux-mêmes non-seulement les premiè-
» res lois de l'harmonie, mais encore les intonations
» les plus difficiles des intervalles et, n'en déplaise à la
» brochure, des modulations. Il n'y avait là ni piano,
» ni violon; le professeur ne chantait pas lui-même. Il
» faisait chanter. »

» Je revins souvent à l'Ecole de médecine; j'étudiai
» les écrits de M. Chevé, je devins son élève, car j'avais
» à cœur, et il était de mon devoir de bien comprendre
» ce dont j'avais à rendre compte plus tard à mon gou-
» vernement. J'appris à connaître et à vénérer cet
» homme respectable, qui marchait droit son chemin
» avec la fougue d'un jeune homme, et qui avait sa-
» crifié à son idée constante les profits de son érudi-
» tion, sa fortune, sa position, sa santé, l'avenir de
» sa famille. Abreuvé d'humiliations d'une part, adoré
» de son école de l'autre, ce spadassin musical, cet

» intrigant intéressé qui, s'il était resté dans la rou-
» tine, aurait eu toutes les distinctions du haut des-
» quelles ses antagonistes le condamnent et auxquelles
» ses profondes connaissances lui donnent un droit
» incontestable, ce polémiste absurde, ce professeur
» de bipèdes, est un vieillard aussi doux, aussi aima-
» ble que savant...

   » Vrai philosophe, ami dévoué de l'humanité, ses
» paroles ne sont que le reflet de sa vie, et sa vie
» une réfutation constante de ce reproche d'avidité
» qu'on lui a jeté à la face parce qu'il n'engage à
» aucune preuve. Depuis dix-huit ans, tous ses cours
» publics sont gratuits. Depuis dix-huit ans, il supporte
» la pauvreté pour donner aux nécessiteux les richesses
» de son travail. J'en demande bien pardon à messieurs
» les musiciens et à messieurs les savants; mais je
» doute qu'il s'en trouve beaucoup parmi eux dont on
» puisse en dire autant. »

   Pauvres musiciens. Quel démon nous a poussés à
faire une nouvelle brochure. Vous vous plaignez de la
brutalité de M. Chevé. Voici un adversaire qui n'est
point brutal ; mais pour être aristocratique et bien
gantée, sa main ne porte pas des coups moins rudes.

   « Pendant six mois, continue le comte Sollohub,
» je fus l'hôte assidu de M. Chevé ; je fis, grâce à
» lui et avec lui, une série d'expériences qui ne lais-
» sèrent aucun doute dans mon esprit sur l'effica-
» cité de cette méthode au point de vue de la lec-
» ture musicale. J'eus le bonheur d'amener Rossini
» à une de ces expériences, et je pus me convaincre

» combien était controuvée l'assertion que M. Chevé
» et son école s'attaquaient aux illustrations musicales.
» L'enthousiasme arriva à son comble, et je fus vive-
» ment ému, en voyant un vieillard que je recon-
» naissais, pour ma part, comme le véritable représen-
» tant de la musique populaire, venir baiser la main
» d'un autre vieillard que l'univers reconnaît à juste
» titre pour le premier des musiciens. Tous les exer-
» cices de solfége, de lecture à première vue, de dictée,
» furent exécutés d'une manière irréprochable. Rossini,
» qui à lui seul est un conservatoire, applaudit plusieurs
» fois et, après la séance, me fit l'honneur de me dire
» qu'il ne comprenait pas pourquoi on s'attaquait tant
» à une méthode qui arrivait à de pareils résultats. Ces
» paroles, qui pour moi avaient la valeur d'un oracle,
» étaient l'écho de mes propres idées, et de ce jour je
» m'occupai encore plus activement d'un projet d'ap-
» plication de la méthode Chevé à notre chant d'église,
» projet qui me paraissait et qui me paraît encore la
» meilleure base, chez nous, pour un enseignement
» général de la musique. Je proposai dans ce but à
» plusieurs élèves de M. Chevé de leur enseigner no-
» tre rituel, ce qui n'était pas facile, à cause de la
» prononciation, notre langue ayant douze lettres
» de plus que la langue française. Deux semaines
» après, la messe était chantée à notre chapelle, et de-
» puis on peut l'entendre chaque dimanche, rue de
» Berry. Pour moi, l'épreuve était concluante. Puis-
» que les Français chantaient, à l'aide de chiffres, la
» messe en russe, il est évident que des Russes pour-

» raient le faire, sans parler de leurs belles voix et
» de leur aptitude naturelle pour le chant.

» Un fait que je ne puis omettre, c'est le dévoue-
» ment des élèves de l'école pour leur professeur et le
» charme qu'ils trouvent dans une étude d'ordinaire
» si aride. Ceci, pédagogiquement parlant, est d'une
» importance majeure, et il faut aussi le voir pour
» s'en assurer.

» La salle de l'Ecole de médecine est toujours pleine
» aux heures des cours. Les élèves sont pour la plupart
» des ouvriers, et c'est à neuf heures du soir, quand
» la journée de travail est finie, qu'ils se rassemblent.
» Demandez-leur d'où ils viennent; ils vous répon-
» dront : de Passy, de Montmartre. Quelque temps
» qu'il fasse, ils font plusieurs kilomètres à pied pour
» venir et autant pour s'en retourner. Ils ne choisis-
» sent pas l'Orphéon, qui est tout près d'eux ; ils vont
» de l'autre côté de la Seine. Pourquoi ? est-ce qu'on
» les y oblige ? La raison en est toute simple ; c'est
» qu'ils trouvent l'instruction amusante ; ils trouvent
» le solfége amusant. C'est un spectacle assez rare
» pour être digne d'être vu. Et ce ne sont pas des ou-
» vriers seulement qui s'en amusent, vous verrez par-
» mi eux des avocats, des négociants, des hommes
» du monde.

» Je me souviens que, me trouvant un jour avec quel-
» ques hommes de lettres qui avaient bien voulu m'ac-
» cueillir, non comme un étranger, mais comme un
» confrère, nous allâmes à un théâtre un jour de pre-
» mière représentation. La salle était comble. Deux jeu-

» nes gens, assis sur le devant d'une loge, m'entendant
» nommer, quittèrent aussitôt leur place et me con-
» traignirent de la prendre, en me disant que je
» n'avais pas le droit de refuser, puisqu'ils étaient
» élèves de M. Chevé.

» Ce trait, quelque puéril qu'il paraisse, n'est pas
» sans signification ; il est la preuve de l'attachement
» qu'inspirent le professeur et sa méthode.

» Ce fait, je l'ai constaté plusieurs fois, et, pour
» conclure, il suffira de dire qu'à la fin d'un cours,
» les élèves qui y avaient pris part offrirent à M. Chevé
» une gravure représentant tous les martyrs célèbres
» de l'humanité.

II

La seconde partie de la brochure est consacrée à réfuter l'un après l'autre les arguments de la brochure
officielle. Elle commence par une nouvelle leçon de
morale. Elle vaut la peine d'être citée, venant d'un
homme bien élevé, habitué à peser ses paroles.

« Voyons, illustres maîtres, soyons justes.

» Vous avez la gloire, la fortune, le talent, le gé-
» nie, les honneurs, les titres de vos noms : on vous
» applaudit, on vous aime, on vous croit, on vous
» encense. Vous avez la belle part dans la vie. Vous
» êtes les élus, vous êtes les souverains.

» Mais il est des hommes qui ne demandent rien
» à la vie que la réussite d'une idée qu'ils croient utile.

» M. Chevé est de ce nombre. Il appartient à la
» race, si rare maintenant, de ces niais sublimes qui,
» une fois qu'ils se sentent une vocation, s'en font
» les instruments et ne songent plus aux désavanta-
» ges qui en résulteront pour leur propre existence.
» Galilée était un fâcheux, Colomb un intrigant, Gu-
» tenberg un homme difficile à vivre; n'avait-il pas
» inventé un joujou que les calligraphes de son épo-
» que, gens qui ont fait des manuscrits magnifiques,
» trouvaient haïssable ? Ils ont persévéré, et ils n'ont
» pas mal fait, ce me semble. Beethoven était telle-
» ment irascible qu'il donnait des soufflets à celui qui
» lui disait qu'il avait mis une suite de deux quintes.
» En est-il moins pour cela l'auteur de ses sympho-
» nies ? Ce qu'il y a de beau dans la vie, c'est l'amour
» et la foi. Il peut y avoir des êtres qui en sont pos-
» sédés et qui se trompent ; mais si leur conviction
» est sincère, leur erreur est respectable et ils mé-
» ritent mieux que le mépris et la police correction-
» nelle. Et s'ils ne se trompent pas, si de leur opi-
» niâtre courage, de leurs incessantes réclamations,
» si de toutes les privations, de tous les chagrins qu'ils
» ont eu à endurer, si de toutes les injures qu'on leur
» jette à la face et auxquelles on ne leur accorde même
» pas le droit de répondre, jaillit véritablement une
» source nouvelle, qui aura tort... qui aura raison ?
» Devant des hommes semblables, et l'histoire en a
» consacré tout un martyrologe, non-seulement la
» France avec ses gloires en tête, mais l'humanité en-
» tière doit s'incliner. »

Transposition, modulations, mode mineur, bécarre, aucun chapitre n'échappe à l'argumentation serrée, finement railleuse du comte Sollohub. Ces questions, dont le nom seul vous effraient peut-être, sont mises à la portée de tous, et rendues intéressantes par l'habileté avec laquelle l'auteur en saisit toujours le côté comique ou la portée morale. S'agit-il de la tension continuelle d'esprit qu'exige de la part des commençants, l'emploi de deux clefs pour la musique de piano ; clef de sol pour la main droite, clef de fa pour la main gauche; les musiciens trouvent cela insignifiant. « Insignifiant pour vous, Messieurs, il n'y a pas
» de doute; insignifiant pour les pianistes fêtés et
» applaudis. Mais demandez à leurs élèves si la chose
» est insignifiante. Je ne comprends pas, disait,
» je crois, Marie-Antoinette, que le peuple puisse
» mourir de faim. Il faut si peu de chose pour vivre :
» un biscuit trempé dans du vin de Hongrie. »

« Dans l'A B C vocal de Panseron, l'élève commence
» à s'exercer tout de suite et seulement sur la clef de
» sol jusqu'à la page 70, où il apprend à connaître la clef
» de fa, pour être en état, dit l'auteur, d'étudier le
» piano le plus vite possible.

» Or, dans les villages du gouvernement de Yaroslaff
» ou de Kostroma, il n'y a pas de pianos chez les paysans,
» et il n'y en aura pas de sitôt. La clef de sol leur est
» donc suffisante; mais si on n'admet qu'une seule clef,
» il n'y a plus de nécessité de la mettre en tête de la
» portée. Il n'y a donc, de facto, plus de clef du tout;
» et la brochure aura beau dire (page 55), pour mon

4.

» enseignement particulier, qu'il y a toujours une clef,
» que l'alphabet a une clef, qu'un chiffre a une clef, et
» que lire des notes écrites sur une clef ou lire un chiffre
» dont il faut avoir la clef, est identique ; ce ne sera
» plus qu'une subtilité grammaticale. On dit la clef de
» ce mystère ; on dit même prendre la clef des champs,
» pour indiquer l'explication du procédé. Mais quand on
» n'admet pas de clef du tout, comme le fait M. Chevé,
» cela veut dire qu'on ne fatigue pas l'esprit du commen-
» çant pendant seize ou dix-sept leçons à nommer la
» même chose de cinq ou sept manières différentes.

» Ceci est clair pour tous ceux qui ne prévoient pas
» la petite ou la grande partition ; ceci est indispensable
» pour les bases d'une langue vulgaire, universelle, et
» la souplesse de l'alphabet musical pourrait bien rebu-
» ter des êtres plus dociles que nos sauvages du Nord.

» Mais, me dira l'Olympe courroucé, nous n'avons
» que faire de vos moujiks. Renvoyez-les à leurs char-
» rues et ne nous rompez pas la tête en nous parlant
» d'un art où vous feriez rire nos rapins et dont nous
» sommes les maîtres et les illustrations.

» A cela je me permettrai de faire observer que je
» m'adresse, non aux gloires que je respecte plus que
» personne, mais aux grammairiens, aux professeurs
» d'alphabet, qui ont daigné, en m'attaquant dans leur
» brochure, descendre à mon niveau et faire vibrer en
» moi cette corde d'utilité publique qui résonnera dans
» mon cœur jusqu'à mon dernier soupir. Que le mou-
» jik n'intéresse que médiocrement les pontifes de
» l'art, rien de plus naturel ; mais il m'est permis à

» moi d'avoir une autre manière de penser, et j'avoue
» que l'avenir de ce moujik m'intéresse plus que tous
» les opéras et toutes les symphonies du monde. Ce
» que je vois en lui, c'est la base de la grandeur de
» mon pays ; ce que je rêve pour mon pays ; ce n'est
» pas de former un orchestre irréprochable, mais de
» marcher à la perfectibilité par les voies d'une saine
» civilisation. Trouver cette clef là est encore bien plus
» difficile que les sept clés de la portée usuelle. Or,
» et on ne saurait assez le répéter, sans l'art, sans
» l'élément artistique, la 'civilisation, la vraie civili-
» sation est impossible ; l'art pour les élus, l'élément
» artistique pour tous. L'art est déjà la fleur des na-
» tions civilisées, et sa manifestation est toute indi-
» viduelle. L'élément artistique est l'appréciation par
» les masses du beau pour en arriver au bon et au vrai.
» Ainsi la vulgarisation du chant par les procédés les
» plus simples, les plus puérils si on veut, cette vul-
» garisation qu'on n'a jamais pu effectuer, cette vul-
» garisation que les musiciens entravent au lieu de
» l'encourager par leur concours me paraît aussi im-
» portante que l'invention de l'imprimerie ou l'acclima-
» tation de la pomme de terre.

» L'idée de Wilhem était magnifique ; seulement il
» a abordé la tâche impossible de simplifier une langue
» déjà faite, là où il fallait créer une langue nouvelle
» en rapport avec son but. A ce point de vue, la lan-
» gue proposée par Galin est un progrès immense,
» même si elle est incomplète. Si je connaissais une
» méthode qui fût plus facile quoique plus incomplète

» encore, c'est celle-là que j'aurais appuyée auprès de
» mon gouvernement, dans la conviction que là où l'en-
» seignement est plus utile dans ses premiers principes
» que dans son application spéciale, là où l'enseigne-
» ment complet, traditionnel est inadmissible, il vaut
» mieux enseigner quelque chose que rien du tout. »

Dans l'impossibilité de suivre dans tous ses détails
cette intéressante discussion, je ne parlerai que de
deux arguments de la brochure officielle, qui, à vrai
dire, sont les plus importants et dominent tout le
débat. L'un est, si l'on peut ainsi parler, un argument
défensif.

Les musiciens affirment que l'écriture usuelle est
lue partout, dans tous les pays, dans toutes les écoles.
Tout beau, Messieurs, c'est une idylle que vous nous
contez-là. Vous ne parlez pas sérieusement. Toute la
pédagogie allemande proteste contre votre assertion.
De même qu'au moyen-âge celui qui savait lire et
écrire passait pour un savant, de même aujourd'hui
le peuple respecte celui qui déchiffre à livre ouvert.
De tout le trésor de chant que possède la nation allemande, chaque chanteur ne possède que ce qu'il a pu
se graver à grands efforts dans la mémoire. L'allemagne est pourtant le seul pays où la musique fasse
réellement partie de l'éducation.

« Dans cette terre classique de l'idéal, on a com-
» pris une grande vérité : c'est que, pour être utile et
» moralisateur, l'enseignement musical devait être
» obligatoire et dépendant du culte. L'enseignement
» du chant religieux y est compris dans les études

» sans lesquelles aucun élève n'est admis à la première
» communion.

» A la bonne heure! voilà une base large et solide,
» On n'est homme, on n'est chrétien qu'en prouvant
» qu'on lit les Écritures et qu'on chante les psaumes.
» Ce n'est pas seulement de la musique au point de
» vue de la musique, mais au point de vue de la reli-
» gion et de la morale. On ne dit pas à l'élève de faire
» ce qu'ont fait Gluck et Beethoven, mais on lui dit
» de devenir honnête homme, et comme la musique
» peut aussi servir de moyen pour arriver à cet but,
» on emploie la musique.

» C'est de la mauvaise musique peut-être, mais c'est
» une belle et grande idée. Ce n'est pas même de la mu-
» sique, si l'on veut, j'y consens encore; mais c'est
» l'élément musical appliqué dans son acception la
» plus large et la plus bienfaisante; et le but de l'en-
» seignement du chant au peuple, dit la pédagogie alle-
» mande, est de rendre l'homme libre, gai et pieux. »

Pestalozzi, Zeller, Schultz, Marx et bien d'autres se
sont consumés en vains efforts pour que la musique
fut lue comme une langue maternelle. Qu'est-il résulté de ces longs et pénibles labeurs? De l'aveu même
de Sthal, l'amour du chant loin de se développer a
diminué. Les sociétés chorales sont désertées. La raison de ce fait, dit-il, c'est qu'elles n'offrent pas d'at-
trait, qu'elles sont ennuyeuses. Elles sont ennuyeuses
parce que les membres ne peuvent pas chanter d'eux-
mêmes, et doivent retenir les airs par le triste procédé
du serinage, *auf dem traurigen Wege des Nachsingens.*

« On en arriva à se convaincre qu'il fallait renoncer
» à faire du chant un art populaire; et Hentschel eut
» le courage de publier que la majorité du peuple ne
» l'apprendrait jamais par aucune méthode du monde.
» C'est mon opinion, dit-il, *Salvavi animam meam.*
» Il ajoute: » Ce serait certes très-beau que la musi-
» que devint un art populaire, de manière que tout un
» peuple, hommes, femmes et enfants, formât un
» chœur unique; mais ce n'est qu'un rêve dont quel-
» ques enthousiastes (*begéisterte*) tels que Urban, Aimé
» Paris, Emile Chevé et d'autres peuvent se bercer,
» mais qui de fait ne se réalisera jamais. »

» Voilà comment cette langue, qui dit aux petits
» enfants de venir à elle, se lit dans un pays qui y
» travaille véritablement depuis cinquante ans.

» Je laisse donc à toute la pédagogie allemande le
» soin de protester contre l'assertion de la brochure.

» Quant à moi, je soupçonne fort les musiciens
» d'être secrètement de l'avis de Hentschel. Ils par-
» lent de la vulgarisation du chant; mais ce n'est
» qu'une concession de leur part, une politesse, pas
» autre chose. S'ils croyaient effectivement à la réa-
» lisation du rêve, ils n'écriraient pas des cours invul-
» garisables, et ne persisteraient pas obstinément à
» mettre leur science, qui pour eux est devenue
» une seconde patrie, avant des résultats pratiques
» qu'ils ne veulent pas constater, pour ne pas être
» obligés d'y croire.

» Quelques instituteurs allemands, plus opiniâtres
» que les autres, ne consentent pas encore à renoncer

» à faire du chant un art populaire. Ils préten-
» dent à outrance que la difficulté n'est pas dans le
» chant lui-même, mais dans le système d'enseigne-
» ment qu'on lui applique. Cinquante années de tra-
» vaux, disproportionnés au résultat, sont perdues il
» est vrai ; mais le but est grand, il faut persévérer.
» Ils proposent de nouveau le chiffre dans son appli-
» cation nouvelle ; ils ne le confondent pas avec le
» système de Rousseau et de Natorp ; ils proposent la
» méthode de l'école Galin-Paris-Chevé. »

« Maintenant passons aux Orphéons et aux salles
» d'asile. Dans le tableau idyllique qu'en fait la bro-
» chure, il est question d'élèves qui chantent gaie-
» ment, joyeusement ; il est même ajouté dans une
» note (page 6) que les orphéonistes lisent souvent à
» première vue. Qu'est-ce que cela prouve ? qu'on peut
» lire au moyen de la portée. Est-ce que quelqu'un en
» doute ? Voilà plus de trente ans que je le fais moi-
» même tant bien que mal. Mais pourquoi la brochure
» ne dit-elle pas en combien de temps et combien d'or-
» phéonistes arrivent à ce résultat ? Voilà ce qui est
» important. Pourquoi ne dit-elle pas que les orphéo-
» nistes notent d'oreille les mélodies qu'ils entendent ?
» L'écriture musicale est donc exclue de leurs cours.
» Dans les premiers éléments de l'éducation élémen-
» taire, on apprend à lire et à écrire en même temps.
» Voit-on des hommes qui lisent et n'écrivent pas ?
» Dans l'enseignement usuel de la musique on n'ap-
» prend qu'à lire ; donc l'enseignement est incomplet,
» puisque l'écriture est réservée aux savants, aux pri-

» vilégiés, aux compositeurs, en un mot, qui veulent
» faire passer les élèves par les tribulations qu'ils ont
» eu à endurer. Mais alors la musique est une ven-
» geance, un monopole, et cette langue qu'on lit par-
» tout comme une langue maternelle, personne que
» les élus ne peut l'écrire. Est-ce juste ? Est-ce logique ?

» Eh bien ! un homme vient et dit : » J'ai fait cent
» quarante cours où je suis parvenu en six mois à
» enseigner aux trois quarts de mes élèves à lire et à
» écrire correctement toute mélodie qui leur sera sou-
» mise. Venez et écoutez. »

» A cela on lui répond : » L'Orphéon serait une
» belle proie pour vous, mais les raisins sont trop
» verts (1). »

» Le secret est éventé. Cet homme, qui a sacrifié sa
» vie et sa fortune à une idée gigantesque, est dévoré
» d'ambition. Il brigue les douze cents francs de trai-
» tement de professeur de l'Orphéon. Il se fâche ; on
» se fâcherait à moins. De tout ce qu'il dit on ne relève
» que les paroles trop-vives, les seules qui ne signi-
» fient rien du tout dans la question ; puis, sans s'être
» jamais assuré de l'efficacité d'un enseignement pra-
» tique, où la théorie ne peut être comprise que dans
» son application même, on inflige à cet homme, se
» débattant sous le cauchemar du parti pris, la plus
» dure des punitions : l'indifférence ; car là où le pro-
» grès demande à se faire jour, l'indifférence est un
» arrêt de mort.

(1) Textuel, *Journal de l'Orphéon*.

» En attendant, le monde se meut, l'Amérique se
» découvre, les élèves lisent et écrivent correctement,
» les curieux, les étrangers affluent, écoutent, consta-
» tent et admirent.

» Alors la science s'émeut, proteste, parle de mé-
» pris et de police correctionnelle, déclare qu'une
» écriture employée par Mozart ne saurait plus être
» perfectionnée, que les enfants du peuple peuvent
» d'ailleurs s'en servir, et demande à tous les hommes
» de bonne foi et de bon sens si l'adoption universelle,
» la soumission volontaire générale à des règles que
» personne n'a imposées et que tout le monde recon-
» naît, n'est pas une preuve certaine, évidente, incon-
» testable de la vérité, de la bonté, de l'excellence de
» l'écriture usuelle. (Page 7.)

» Messieurs, je suis un homme de bonne foi et
» je crois être un homme de bon sens. C'est jus-
» tement dans les hommes de bonne foi et de
» bon sens que je mets toute ma confiance ; sans
» cela je n'aurais pas accepté une lutte inégale avec
» le prestige de vos noms et les convictions qui
» vous ont coûté trop de peines pour que vous n'y te-
» niez pas. Je ne brigue pas de place à l'Orphéon, je
» n'aurais qu'y faire. Je n'ai pas de vues intéressées
» autres que l'intérêt que je porte à la réussite des
» grandes découvertes et au bien-être de mon pays.
» Je n'ai jamais su intriguer contre personne. Je ne
» dis pas d'injures, d'abord parce que ce n'est pas mon
» habitude, et puis parce que des injures ne prouvent
» rien, pas plus celles qu'un homme à bout de pa-

» tience peut dire à un cercle d'illustrations, que celles
» qu'un cercle d'illustrations peut dire à ce même indi-
» vidu. Je déclare et signe des deux mains, et j'ap-
» puierai, puisque signatures il y a , mon assertion
» d'autant de signatures qu'on voudra, que l'écriture
» que tout le monde ne peut pas écrire n'est pas une
» bonne écriture, pas plus qu'une langue pour laquelle
» un des plus grands artistes de l'époque doit employer
» cinq ans afin d'en classifier les premiers principes
» reconnus depuis huit siècles, n'est une langue claire,
» facile et accessible à tout le monde. Cette langue, on
» peut, il est vrai, arriver à se l'approprier, mais,
» comme dit M. Kreutzer, après avoir blanchi vingt
» ans sous le harnais. Il n'y a pas de peuple qui la lise
» comme une langue maternelle, parce que ce fait est
» matériellement impossible. Il y a des élèves, et fort
» peu relativement au chiffre des populations , qui
» parviennent à solfier , à jouer, à lire en un mot,
» mais tant qu'ils n'écrivent pas, tant qu'ils ne peuvent
» pas exprimer leurs idées et rendre les idées des
» autres , ils n'aboutissent qu'à un procédé mécani-
» que, ils n'atteignent tout au plus qu'au goût, à la
» délicatesse, à l'expression artistique , mais ils ne
» sont pas maîtres de leurs instruments ; ils peuvent
» lire le Dante et Shakspeare, mais ils doivent prier
» un savant d'écrire pour eux un billet à leur tailleur.
» Enfin, il y a des individus, et vous savez mieux que
» personne, Messieurs, combien peu il y en a , qui
» se rendent maîtres de l'écriture, d'une écriture
» d'abord fourmillante de fautes, et puis de plus en

» plus irréprochable. Ceux-là sont les musiciens, les
» docteurs, les augures. *Dignus est intrare in nostro*
» *docto corpore.* Ceux-là sont les maîtres, et regardent
» le reste du monde du haut d'une supériorité chère-
» ment acquise. Pour la plupart, ils prennent l'air
» distrait, dédaigneux et convaincu, inhérent à tout
» possesseur d'un mystère profond, impénétrable au
» reste des humains. La musique est leur propriété,
» leur apanage, leur chose; je n'en veux pas d'autre
» preuve que le ton dictatorial de la brochure que j'ai
» entre les mains. Ils disent au peuple: Soyez bien
» sage et étudiez dans les livres que nous faisons nous-
» mêmes pour vous; chacun de vous a dans sa giberne
» le bâton de maréchal. Nous sommes cinquante ou
» cinq cents, vous êtes trente millions ou soixante
» millions : imitez-nous; apprenez à lire. Vous ap-
» prendrez longtemps... très-longtemps, mais vous
» arriverez... peut-être. Ce sera suffisant... pour vous.
» Toutefois, si vous avez une vocation décidée, on
» vous apprendra... mais beaucoup plus tard... à écrire.
» Quand vous saurez lire et écrire, vous pourrez com-
» poser; mais ce n'est, à proprement parler, qu'alors
» que votre éducation musicale commencera.

» Ce que les musiciens de profession aiment surtout
» dans la musique, ce n'est pas tant la musique elle-
» même que la connaissance qu'ils ont de la musique;
» et c'est tout simple, on tient à ce qui a coûté de la
» peine; c'est l'amour des mères pour leurs enfants.
» Dieu a fait la voix, les musiciens ont fait le piano;
» ils ont créé graduellement les lois de l'harmonie; ils

» ont combiné les instruments à archet, à vent, à
» percussion, les instruments solinotes, les instru-
» ments qui dépendent de certaines tonalités. Ils ont
» créé une science tellement difficile qu'on meurt avant
» d'y atteindre; et alors la progression du système
» simple au système compliqué est naturellement de-
» venue impossible. Ils ont infligé, d'autorité en au-
» torité, à tout le monde un alphabet qui n'est com-
» préhensible que pour eux, une écriture qu'ils savent
» seuls écrire.

» L'écriture usuelle est peut-être vraie, bonne,
» excellente pour les musiciens; mais sa vulgarisation
» générale est rigoureusement impossible. Le jour où
» on parlera moins de cette vulgarisation, mais où on
» fera davantage pour elle, en trouvant des moyens
» autres que ceux qui existent, sera un beau jour, et
» l'homme qui y attachera son nom sera un grand
» homme. »

L'argument offensif de la musique officielle ne ré-
siste pas mieux à l'examen du noble comte.

« Quel office, avait dit la brochure officielle, peut
» remplir la notation en chiffres? Peut-elle devenir
» une notation usuelle? peut-on supposer que les mu-
» siciens vont s'entendre pour changer une bonne
» chose bien établie qui fonctionne bien? Admettons-
« le. Alors la musique se couvre de ténèbres, et les
« plus belles partitions ne seront bientôt plus que des
» sépulcres couverts de signes oubliés. »

« J'avoue que je comprends fort peu. Quel tableau
» à faire : le dernier musicien pleurant sur la der-

» nière partition ! Qui a jamais parlé de cela ? Com-
» ment ? en décuplant, en centuplant le nombre de
» ceux qui peuvent apprécier les chefs-d'œuvre, on
» va tuer ces chefs-d'œuvre du même coup ? Non pas,
» s'il vous plaît. Ils ont été assez longtemps la proie
» d'un public trop circonscrit et de faux connaisseurs.
» Mettez-les dans leur jour véritable, faites-les com-
» prendre et admirer par l'humanité entière. La
» main gauche est un laquais, disait notre peintre
» Bruloff, elle tient la palette ; c'est la main droite,
» celle qui peint, qui est le maître. En musique, c'est
» le signe musical qui est le laquais ; il exécute des
» ordres, et quand ces ordres sont dictés par l'inspi-
» ration, personne ne pense à la livrée de celui qui
» les transmet. »

La notation en chiffre ne peut pas être appelée à
servir de base à un enseignement public, dites-vous,
mais qu'est-ce donc que l'enseignement public ?

» C'est l'éducation que donne la société à tous ses
» membres sans exception, pour en faire des citoyens
» utiles.

» Tout le monde a-t-il les mêmes conditions de
» fortune, les mêmes dons de l'intelligence, la même
» faculté de disposer de son temps ?

» Non. L'enseignement public devant être donné
» à tout le monde, doit donc prendre pour son premier
» point de départ ceux qui sont les plus pauvres, les
» moins doués, et ceux qui ont le moins de temps à
» perdre. La base de tout enseignement public est avant
» tout la triple pauvreté de ceux dont il a à s'occuper,

» et il ne peut être général et populaire qu'à ces
» conditions. L'instruction primaire doit donc être
» gratuite d'abord, puis accessible à toutes les intelli-
» gences, c'est-à-dire simple et facile, et enfin procé-
» der vite, pour ménager la seule richesse du pauvre,
» le temps.

» Lire, écrire, compter, telles sont les premières
» notions scientifiques. Doivent-elles être propagées
» par des poètes et des astronomes ? Non ; ils ont une
» autre spécialité plus belle et qui les rend inaptes au
» dur métier de ménager la faiblesse des intelligences
» ainsi que la durée des études. Il y a pour cela des
» maîtres d'école voués à un travail ingrat, mais utile,
» et qui n'oublient jamais que, dans l'éducation pri-
» maire, l'important n'est pas ce qu'ils savent, mais
» ce que les élèves ne savent pas.

» L'art de la musique doit-il faire partie de l'ensei-
» gnement primaire ?

» Aucunement. On peut devenir un grand homme
» sans être musicien. Cela s'est vu.

» Alors l'étude du chant est inutile. Au contraire ;
» mais il ne faut pas confondre l'*étude* du chant avec
» l'*art* de la musique ou l'*art* du chant.

» C'est cette confusion qui a fait que cinquante an-
» nées de travaux de la pédagogie allemande sont res-
» tées sans résultats, que des musiciens très-célèbres
» et très-respectables ont pu signer sur un sujet mu-
» sical une brochure à laquelle un homme qui n'est
» presque pas musicien peut répondre avec conviction
» et connaissance de cause.

» Que les artistes se rassurent. La grande partition
» sera respectée. Personne ne lui en veut : elle ne pas-
» sera jamais à l'état de sépulcre , pour peu qu'elle
» soit animée par le souffle immortel du génie. L'étude
» du chant est à l'art du chant ce que le métier du
» maçon est à la création de l'architecte , ce que le
» broyeur de couleurs est au peintre.

» La voix étant donnée par Dieu, il est tout naturel
» que, sans recourir au piano , le don des musiciens ,
» l'apanage de l'art, elle ne soit pas oubliée dans l'en-
» seignement primaire; et cela dans un triple but ,
» religieux , moral et politique.

» Sanctifié par l'Eglise dont il devient un des piliers,
» moyen moralisateur et préventif, le chant populaire
» a une utilité reconnue en principe, et peut, de fait,
» s'établir un jour partout, en devenant obligatoire.

» Cela établi, voici la question qui surgit naturelle-
» ment :

» L'enseignement actuel satisfait-il aux conditions
» de bon marché, de compréhension et d'économie de
» temps ? J'en appelle à tous les hommes de bon sens
» et de bonne foi qui ont appris la musique et ne la
» savent pas.

» Des milliers de voix s'élèveront pour répondre :
» Nous avons dépensé beaucoup d'argent, beaucoup
» de temps, et nous avons perdu patience; car nous
» n'avons compris que fort peu de chose et nous avons
» oublié tout ce que nous avions compris.

» La même question s'établit pour la méthode par
» chiffres :

» Coûte-t-elle meilleur marché que la méthode
» usuelle ? — Oui !

» D'abord, elle peut s'enseigner à une masse illi-
» mitée d'auditeurs, autant que pourra en contenir le
» local destiné à l'étude; tandis que dans les classes
» spéciales de chant, un maître ne peut avoir que
» quelques élèves, et même, dans l'enseignement
» collectif usuel, l'action individuelle du maître sur
» chaque élève est presque indispensable.

» Et d'un !

» Les livres de la portée s'obtiennent par la litho-
» graphie; ceux du chiffre par le procédé typographi-
» que. Ils sont donc infiniment meilleur marché et
» plus à la portée des bourses indigentes. Il faut vrai-
» ment aimer par trop la partition in-folio pour ne
» pas se réjouir en sachant que le même chef-d'œuvre
» dont on savoure les mélodies reproduites en carac-
» tères orthodoxes, se trouve sous un format plus
» humble et traduit dans une autre langue dans la ca-
» bane du pauvre, et qu'il l'a acheté du prix de son
» travail.

» Et de deux !

» Maintenant la méthode par chiffres est-elle plus
» accessible à toutes les intelligences que la méthode
» usuelle ? Sans l'ombre d'un doute. Pourquoi ?

» Par la raison toute simple qu'il est plus aisé de
» n'avoir jamais entendu parler de clef que de lire la
» même chose sur cinq clefs différentes; qu'il est plus
» aisé de savoir une gamme que d'en connaître quinze;
» qu'il est plus aisé, dans la langue des durées, d'ap-

» prendre quelques monosyllabes que de se rendre
» compte d'une théorie où les plus savants s'embar-
» rassent.

» Enfin, au point de vue du temps, et c'est le plus
» grave, la méthode par chiffres obtient-elle des résul-
» tats plus rapides que la méthode usuelle ? Faut-il
» treize ans, comme dit M. Martin, pour apprendre
» la musique usuelle, ou neuf ans, comme cela se
» pratique en Allemagne ?— En six mois elle apprend
» à lire et à écrire. Ceci est exact et on ne peut rien y
» ajouter. Je l'ai vu, dis-je, vu, de mes propres yeux,
» vu, et je produirai autant de témoins qu'on voudra.
» Est-ce, je le demande à tous les hommes de bonne
» foi et de bon sens qui ne sont pas musiciens, est-ce,
» jusqu'à ce qu'on trouve mieux, la méthode du peu-
» ple, la méthode élémentaire, la méthode momen-
» tanée ?

» L'art n'a rien à faire dans la question. Il ne peut
» d'ailleurs qu'y gagner en ayant à façonner, non des
» intelligences informes, mais d'excellentes connais-
» sances préliminaires. Mais l'art craint que les parti-
» tions ne deviennent des sépulcres !

» Voilà ce qui explique la longue série des tribu-
» lations de M. Chevé. Il est curieux que de tous
» temps la routine se soit toujours défendue par les
» mêmes arguments. C'est toujours la même histoire,
» et on l'oublie trop vite. Qu'importe que le peuple ne
» lise pas la musique, pourvu qu'il la lise comme les
» maîtres l'écrivent pour leur propre facilité ? La science
» avant tout.

5

» Un docteur excessivement savant traitait un ma-
» lade d'après tous les préceptes qu'il puisait dans les
» livres. Le malade devait infailliblement guérir. Mal-
» heureusement il mourut. Quand on vint le dire à
» l'Esculape, il répondit ce mot sublime : « Il est mort
» c'est possible ; mais il est guéri. »

III

Ce qui frappe surtout dans la brochure du comte
Sollohub c'est qu'il est constamment préoccupé de
l'importance sociale d'une réforme dans l'enseignement de la musique. Derrière le chiffre il voit toujours
la question de l'instruction des masses et de leur moralisation. Ce caractère, le lecteur l'a déjà trouvé dans
les citations précédentes. A ce point de vue, la troisième partie de la brochure serait toute entière à citer.

Résumant la discussion, le comte Sollohub pose à
nos adversaires la question suivante : « Croyez-vous
» à la possibilité de faire de la musique une langue
» universelle? Si vous y croyez, accordez votre puis-
» sant appui à ceux qui peut-être pourront y parve-
» nir; si vous n'y croyez pas, n'entravez pas leur
» généreuse tentative, il vous reste bien assez de
» gloire comme cela. La vérité d'ailleurs ne demande
» pas de monopole. Elle se fera jour. Si vous avez rai-
» son, elle se mettra de votre côté; si vous avez
» tort, ne laissez pas à l'histoire de dire que vous avez
» entravé sa marche : que les hommes de bonne foi

» et de bon sens auxquels j'en appelle jugent mainte-
» nant. » Les hommes de bonne foi et de bon sens se
rangeront sous sa bannière. Ils applaudiront à ces mots
» qui embarrassent le noble comte, que sa raison
» réprouve, mais que son cœur lui dicte.

» Vous n'avez pas toujours été, Messieurs, l'illus-
» tration et le pouvoir. Vous aussi, dans votre belle
» vie d'artistes, vous avez eu des jours mauvais, des
» illusions déçues, des attentes cruelles. Vous aussi,
» vous vous êtes heurtés contre l'indifférence, ce fléau
» du génie, et votre cœur ne s'est-il pas maintes fois
» gonflé d'amertume, en vous voyant repoussés et mé-
» connus? Des paroles amères ne sont-elles pas alors
» échappées de votre bouche? Que ce souvenir vous
» réconcilie avec l'homme enthousiaste qui, ainsi que
» vous, Messieurs, a consacré sa vie à la belle cause
» de l'art. Seulement sa vocation est modeste, son rôle
» est circonscrit, et, de son banc de maître d'école,
» il applaudit plus que personne à vos mérites, quand
» ils se produisent dans leurs sphères véritables. Pensez
» à ce mot charmant d'Alphonse Karr : » Que diriez-
» vous de vous si vous étiez un autre? » Pensez que cet
» autre aurait peut-être tendu la main à son ennemi,
» sous le sentiment que, devant le bien public, il n'y a
» pas d'animosité légitime. Cet autre aurait généreuse-
» ment demandé les expériences qu'il avait refusées,
» et il l'aurait fait rien qu'à la première lueur de la
» possibilité d'un malentendu; cet autre enfin aurait
» prouvé que, non-seulement il fait de beaux ouvrages,
» mais qu'il fait aussi de belles actions.

Partout, dans la brochûre du comte Sollohub, mais surtout dans cette troisième partie, se manifeste un patriotisme éclairé qui rend son nom à jamais respectable. Les pages qu'il a écrites sur les besoins du peuple Russe, sont bonnes à méditer même pour des Français. « Des millions d'hommes, dit-il, vont recouvrer un droit divin, le droit d'indépendance per-
» sonnelle. Mais chaque droit inflige un devoir : A
» mesure que l'un s'établit, l'autre se prononce. Per-
» sonne ne dira le contraire.

» Il est naturel que, lorsque l'homme est soumis au
» rôle abrutissant d'une propriété, d'une chose, plus
» il est ignorant, moins il peut se rendre compte de
» sa dégradation. Mais le jour où il se réveille homme,
» où il ne dépend plus que de lui-même, que fera-t-il
» de sa volonté s'il n'a pas une boussole qui le guide ?
» Cette boussole, c'est l'éducation; boussole à quatre
» faces : religieuse, morale, préventive et scientifique.

» Ainsi, à côté du fait chrétien de l'émancipation
» surgit un autre fait non moins sacré, non moins obli-
» gatoire : celui de l'enseignement primaire.

» Hâtons-nous de dire que notre gouvernement s'en
» occupe avec ardeur. Mais le gouvernement n'est que
» la force motrice; les forces d'action sont dans la
» nation même, chez tous ceux qui ont à veiller sur
» des paroisses, des écoles, des propriétés, des usi-
» nes, des fabriques, des villes et des villages, des
» régiments, des navires; en un mot sur tous les
» noyaux de population, sur tous les points habités.
» Ce que nous devons faire, c'est de venir en aide au

» gouvernement. Ce que nous devons créer avant tout,
» ce sont des maîtres d'écoles, des pédagogues; et, au
» besoin, nous devons nous faire pédagogues nous-
» mêmes, comme au jour de la guerre, chaque citoyen
» devient soldat. »

» Il ne me reste plus maintenant qu'à faire un ap-
» pel à tous mes compatriotes, à leur demander de me
» venir en aide, d'examiner ma proposition et de l'ap-
» pliquer s'il y a lieu.

» Le jour où l'enseignement religieux primaire obli-
» gatoire , réuni à l'enseignement élémentaire du
» chant religieux, sera devenu un fait acquis à la
» Russie, les craintes suggérées par l'émancipation
» s'évanouiront comme un fantôme, car le peuple
» aura pour le sauvegarder la conscience développée
» de ses deux instincts actuels: la religion et l'élément
» artistique, c'est-à-dire un guide et un délassement
» favori , devenu moralisateur et doublement cher par
» une étude au niveau de ses forces. »

Ce qui est vrai des hommes émancipés hier, ne
l'est-il pas de tous les hommes et de tous les peuples.

« J'ai regretté plus d'une fois, dit modestement le
» journaliste que j'ai cité en commençant, de n'avoir
» pas de talent; ce n'est pas certes pour l'argent qu'il
» procure : je n'en ai que faire. Ce n'est pas même
» pour la célébrité qu'il donne : je sais fort bien m'en
» passer. Non, c'est pour le plaisir vraiment déli-
» cieux, de venger un honnête homme de l'indiffé-
» rence ou des mépris de la foule. De faire sentir aux
» préjugés et aux puissants qui en vivent, ce que pèse

» la plume d'un esprit libre. » Ce plaisir, vraiment
délicieux, on le goûte en lisant la brochure du comte
Sollohub, je l'ai lue et relue plusieurs fois et je ne ré-
siste pas au plaisir d'en citer encore un spirituel apo-
logue :

» J'ai connu au Caucase un prince Swanète qui avait
» à se plaindre de son cousin. Ses griefs étaient fondés.
» Son cousin, qui était plus jeune que lui, ne lui avait
» pas témoigné assez de déférence; et ces choses ne se
» pardonnent nulle part. Voici ce qu'imagina mon
» prince Swanète. Il attendit que le coupable s'absentât
» avec sa suite, tomba la nuit sur sa maison, et en fit
» un feu de joie. Une pauvre vieille femme, la grand'-
» mère du maître de la maison, périt dans les dé-
» combres; mais au Caucase, c'est la moindre des
» choses. Le prince, après avoir donné cette leçon de
» politesse à son parent, rentra chez lui très-satisfait
» de l'issue de son expédition. Ce ne fut que lorsque
» son ressentiment fut un peu calmé qu'il s'asséna
» un grand coup de poing sur la tête, et comprit ce
» qu'il avait fait. Le malheureux, en brûlant la grand'-
» mère de son cousin, venait de griller sa propre
» grand'mère.

» Que de fois, en voyant dans tous les pays de re-
» grettables animosités, cette anecdote ne m'est-elle
» pas revenue à la mémoire ! Que de fois je me suis dit,
» que notre grand'mère à tous est le bien public, et
» que presque toujours nous y mettons le feu par l'in-
» tolérance de nos convictions personnelles ! Nous en
» arrivons à nous abuser sur nous-mêmes; nous ne

» voyons pas ce qui est, nous voyons ce qui n'est pas.
» Nous sommes sincères, mais nous sommes aveuglés,
» et nous n'admettons chez nous que nos qualités, chez
» nos adversaires que leurs défauts. En attendant, la
» grand'mère brûle. »

RAPPORT ADRESSÉ AU CONSISTOIRE DE NIMES

RAPPORT

adressé au

CONSISTOIRE DE NIMES

————◆◆◇◆◇◆◇◆◇◆◆————

MESSIEURS,

A peine nommé professeur de physique au Lycée de
Nimes, je résolus de faire un cours de musique vocale
par la méthode Galin-Paris-Chevé. J'aurais pu demander à mes supérieurs l'autorisation de le faire aux
élèves du Lycée, comme j'avais fait l'année précédente
à Rennes. Mais une réforme du chant sacré dans nos
églises venait d'être tentée. Persuadé qu'elle n'abou-
tirait pas si l'on ne formait des chanteurs, l'idée d'en

faire profiter l'église à laquelle j'appartiens se présenta
naturellement à mon esprit, et je vous demandai de
mettre à ma disposition une des salles de vos écoles
de filles pour y faire un cours public et gratuit de musique vocale. Ce cours est terminé ; je viens vous
rendre compte des résultats qu'il a produits ; mais pour
que vous puissiez les apprécier à leur juste valeur, il
est nécessaire que j'établisse d'abord dans quelles conditions s'est fait ce cours.

L'unanimité avec laquelle ma proposition fut acceptée fut pour moi un sérieux encouragement. Il est
bien vrai que le mot de pratronage, employé dans
l'Eglise réformée par mon bienveillant aumônier, en
annonçant mon cours, suscita quelque récrimination;
mais ce n'était là qu'une protestation isolée, individuelle. J'étais convaincu que, pénétrée de l'utilité de
l'œuvre à laquelle je travaillais, l'immense majorité
du Consistoire applaudissait à mes efforts. Une lettre
de votre vénérable président m'invita à m'entendre,
pour les détails d'exécution, avec votre commission.
La séance fut courte et peu gaie pour moi. Je comptais que les élèves du Pensionnat Normal, dirigé par
Mme Muret, assisteraient à mon cours qui se faisait
dans leur établissement même. La nouvelle méthode
étant surtout destinée à instruire les masses, ce qu'on
appelle le peuple, il me semblait tout naturel que ces
personnes que vous ne destinez pas, je suppose, à
être des gouvernantes de grandes familles, mais bien
plutôt des institutrices de campagne, fussent appelées
à juger la valeur d'une méthode dont je vous disais :

Je la crois seule capable de conduire à une amélioration générale du chant sacré. Beaucoup d'autres raisons me faisaient désirer vivement leur présence. J'étais sûr de trouver en elles un noyau déjà considérable d'élèves assidus, condition indispensable pour le succès. J'étais heureux aussi de rencontrer là des personnes intelligentes, habituées aux travaux de l'esprit, et devant lesquelles je pourrais exposer utilement les idées que j'avais reçues de M. Chevé, soit dans ses cours particuliers, soit dans ses leçons à l'Ecole Normale supérieure. Pour tout dire, je me voyais déjà appelé à faire, sur une plus petite échelle, dans votre Pensionnat Normal, ce que M. Chevé continue à faire dans l'Ecole Normale supérieure. — J'ai dit les rêves : voici la réalité. Je demandai, en toute hâte, à celui qui me parut être le président de votre commission, si le Pensionnat Normal suivrait mes leçons. Il me répondit par un refus. J'insistai. Je fis remarquer que mon cours aurait lieu pendant les récréations, et je demandai qu'au moins on permît aux élèves, désireuses de s'instruire, de descendre les quelques marches qui les séparaient de la salle de cours. Même refus. M. le pasteur Grotz ne put s'empêcher de dire que, dans sa pensée, et pour que l'essai fût sérieux, ces demoiselles devaient suivre mon cours. Je gardai le silence; non par défaut de bonnes raisons. J'aurais pu porter la question devant la commission qui, évidemment, ne l'avait pas examinée. Autrement la surprise manifestée par M. Grotz n'était pas explicable; j'aurais pu même en faire l'objet d'une nouvelle lettre au Consistoire. Plein de respect pour

l'âge, le haut mérite et les éminents services de mon
honorable adversaire, je me résignai. Pousser plus
loin l'affaire eût été le blesser inutilement. Je sentais
bien (au ton dont le refus me fut fait) , qu'il était
décidé à maintenir le *cordon sanitaire* , comme dit
M. Montaudon , autour de cette école qui lui est chère.
Je n'étais pas au bout de mes déceptions. J'avais désiré
que mon cours fût annoncé , du haut de la chaire ,
avant le service religieux, comme on annonce tout ce
qui concerne le culte. On trouva cela malséant. On
proposa de faire distribuer, à la sortie du temple, de
petits imprimés (1). Jeune, ayant peu d'expérience, je
ne pensai pas à commander moi-même les imprimés.
Il en fut d'eux comme de la publication en chaire.
Évidemment le but de mon cours était manqué. Je
ne pouvais plus compter sur l'assiduité de mes élèves,
ni sur leur nombre. Bien plus , le patronage du Consistoire qu'on me disputait, devenait une entrave. La
musique ne connait pas les distinctions de protestants
et de catholiques. Elle s'adresse à tous. Mais dans notre malheureux pays, il suffit qu'un cours soit fait
dans une école du Consistoire, pour que les catholiques n'y viennent pas. Malgré tout, j'ouvris mon
cours. Les gallinistes ne reculent jamais. Jugez plutôt. A cette même époque, un de mes anciens con-
disciples, un bon et brave lieutenant du 55e de ligne,
commençait, en Italie, à Plaisance, un cours de mu-

(1) Je retardai même de quelques jours, dans ce but,
l'ouverture de mon cours.

sique à plusieurs de ses soldats ; et savez-vous dans quelles conditions. « L'insuffisance de l'éclairage,
» m'écrit-il, nous força à renoncer aux séances de
» nuit, et à faire le cours pendant la journée; cette
» dernière circonstance nous contraria beaucoup,
» parce que pendant le jour les soldats sont souvent
» distraits par les besoins du service, les corvées, les
» revues, etc. La salle des séances était vaste et nue,
» sans feu et sans bancs ; l'hiver étant très-rigoureux,
» le froid y était tellement vif que souvent j'étais
» obligé de m'arrêter et de laisser mes élèves battre
» un instant la semelle pour se réchauffer. »

Trois mois ne s'étaient pas écoulés, que mes élèves étaient déjà capables de chanter, soit à première vue sans les paroles) soit après très-peu de répétitions, la plupart de nos cantiques; je songeai à les faire chanter au temple, au service mensuel des missions. Je demandai, par l'intermédiaire de M. Montandon, et j'obtins des éditeurs du nouveau Recueil de Psaumes et de Cantiques, l'autorisation de traduire et de faire autographier ou lithographier, si je le voulais, un certain nombre de cantiques que mes élèves possèdent encore. Je convoquai des chanteurs. L'heure était peu propice. Les gens aisés prenaient leur café; les ouvriers n'avaient que cette heure pour leur dîner. Mes chanteurs se voyant peu nombreux se découragèrent. Je congédiai les plus fidèles, et je renonçai à mon projet.

J'avais annoncé que la méthode de Galin amenait

plus rapidement qu'aucune autre, même à la lecture
musicale sur la portée. Il fallait le prouver. Je me mis
à l'œuvre; mais la plupart de mes élèves, passez-moi
l'expression, firent la grimace. Je comptais parmi
elles très-peu de pianistes : elles avaient été nourries
jusque-là de pain blanc; le pain bis leur déplut.

J'avais beau leur vanter l'avantage de pouvoir traduire et posséder ainsi gratuitement tous les chefs-
d'œuvre que leur prix élevé réserve aux heureux de
ce monde, aux favoris de la fortune. J'avais beau leur
dire que si, pour chanter dans un salon, elles étaient
obligées de traduire d'abord la romance proposée,
on les tournerait en ridicule. Nous n'apprendrons jamais le piano, me disaient-elles. La musique en chiffres est simple, facile à lire, à bon marché; elle nous
suffit. Nous trouverons bien toujours assez d'âmes
charitables pour nous traduire les morceaux que nous
désirerons chanter. Heureusement un certain nombre se laissa convaincre, mais un assez petit nombre, ce qui m'obligea à ne consacrer à cette nouvelle
étude qu'une partie assez petite aussi de chaque
leçon. Pour tout matériel, je possédais un carré de
carton de trente centimètres de côté, que m'avait
prêté M. Rigollet; et sur lequel étaient tracées les
cinq barreaux noirs de la portée ordinaire, avec les
deux barreaux supplémentaires au-dessus et au-dessous. Pour leur apprendre à lire sur toutes les clés,
je traçais au fusain sur mon carton l'armure dié-
sée ou bémolisée. Je montrais les barreaux avec la baguette, ne pouvant écrire un morceau de musique

sur un carton de 50 centimètres et j'effaçais successivement chaque armure avec un vieux gant. Puis je
vocalisais une série de notes ; mes élèves les nommaient
en les écrivant, et me les rapportaient à la leçon suivante, transcrites sur la portée avec l'armure que j'in-
diquais. Voilà comment je suis arrivé à compter parmi
mes élèves plusieurs demoiselles qui aujourd'hui tradui-
sent des morceaux même difficiles, des chœurs d'opéras, par exemple, avec autant de sûreté que moi-même.
Permettez-moi de croire que j'ai acquis à cet exercice
quelque habileté, ayant traduit plus de 600 pages de
musique et notamment, pour ne parler que de la mu-
que religieuse, l'ancien *Recueil des Chants chrétiens*
(tout entier) et le *Nouveau Recueil de Psaumes et
Cantiques* dont la traduction est maintenant tout entière entre les mains de M. Montandon.

Voilà ce que mon cours a produit. Ce qui a été ici,
si vous le voulez, l'exception, eût été la règle avec le
Pensionnat Normal. Je n'en suis pas moins très-re-
connaissant envers les personnes qui ont suivi mon
cours. Je remercie vivement celles qui, par leur assiduité, leur zèle, ont dissipé les craintes que j'avais
au début de ce cours et l'ont rendu utile et fructueux,
malgré les conditions fâcheuses dans lesquelles il a
été fait. Je regrette qu'ayant été obligé de changer de
local et d'heure, plusieurs élèves dont j'étais très-
satisfait, n'aient pas pu suivre jusqu'au bout mes leçons de chant. C'est ce qui m'a fait renoncer à rendre
le public témoin des résultats obtenus. Mais j'espère

qu'après deux mois de repos, toutes ces personnes me reviendront au mois d'octobre, pleines d'ardeur et de bonne volonté; et je ne doute pas qu'alors , moins préoccupé moi-même par de rudes concours, j'arriverai à les organiser en association qui leur sera à toutes utile et agréable.

Avec de pareilles ressources, connaissez-vous beaucoup de professeurs de musique décidés à garantir de tels résultats? J'en doute; non pas par amour-propre, par orgueil. Un des membres du Consistoire à qui j'exposais ces résultats , me répondit : Je suis convaincu que cela est vrai; mais je suis convaincu que vous auriez obtenu les mêmes résultats avec la méthode ancienne. On ne pouvait me faire un compliment mieux tourné. Les professeurs qui suivent l'ancienne méthode produisent peu ou rien. Il suffit d'avoir causé un peu familièrement avec eux pour le leur avoir entendu dire à eux-mêmes. Si la méthode est bonne, alors le professeur ne vaut rien. Je ne puis pas admettre cette conclusion. Il y a des professeurs de musique qui sont incontestablement des artistes distingués. Ils n'obtiennent pas des résultats beaucoup plus satisfaisants. Pourquoi? leur méthode d'enseignement est mauvaise , et mieux ils ont été doués par la nature, moins ils sont aptes à discerner le vice de leur méthode parce que leurs dispositions naturelles leur font un jeu de ce qui, pour la masse des commençants, est une montagne à soulever. Écoutez plutôt ce qu'en dit l'un de nos journalistes les plus compétents : « Des » livres appelés *méthodes*, oui, nous les connaissons,

» et c'est précisément parce que nous les connaissons
» que nous pouvons nier, sans la moindre audace,
» l'existence de la méthode dans ces ouvrages sans
» gradation logique, sans définitions précises, où des
» exercices pratiques d'une valeur plus ou moins
» grande, sont accumulés sans ordonnance, ou d'a-
» près une mauvaise ordonnance, et accompagnés
» de textes qui laissent tout à désirer au lecteur, s'il
» est doué d'un peu de raison et de grammaire. »

Ces résultats me décidèrent à entrer en relation avec
M. Mouturat, professeur de musique au Lycée, et à
votre Pensionnat Normal. Nous étions déjà presque
d'accord, et grâce à ses bonnes dispositions, nous
nous proposions de faire ensemble, l'année prochaine
sur ses élèves, l'essai de la méthode nouvelle. Mon
concours lui était assuré. Je suis convaincu qu'il y
aurait mis aussi toute sa bonne volonté. Il vient de
m'avertir qu'il renonçait à l'enseignement. Il se rend
à Paris, où il suivra, m'a-t-il dit, les cours de
M. Chevé par pure curiosité, pour se rendre compte
par lui-même de la valeur de son enseignement. Il sera,
j'en suis sûr, bientôt convaincu, et ce sera un nom
de plus à ajouter à ceux des élèves de Wilhem que la
nouvelle école a ralliés, les uns franchement, les autres secrètement.

Messieurs, je demande sa succession, c'est-à-dire
la direction des études musicales au Pensionnat Normal; et comme avant tout, j'aime les situations net-

tes, voici mes idées sur l'enseignement de la musique.

Le désir, le rêve, si vous le voulez, de tous ceux qui, en France, aiment la musique pour elle-même, et non en égoïstes, est de faire qu'elle soit aussi universellement répandue dans notre pays que la langue française elle-même. Les deux enseignements doivent être parallèles. Or, comment est organisé, en France, l'enseignement proprement dit ? J'y vois, Messieurs, trois degrés bien tranchés : l'enseignement primaire qui comprend les connaissances reconnues indispensables, notamment la lecture et l'écriture ; l'enseignement secondaire qui comprend, d'une part, l'étude des langues anciennes, de l'autre l'étude des sciences et de leurs splendides applications ; l'enseignement supérieur qui prépare des écrivains, des savants destinés à leur tour à faire progresser les arts et les sciences, à y maintenir le culte traditionnel de l'utile, du beau et du vrai. De même il doit y avoir dans l'enseignement de la musique trois degrés : l'enseignement primaire, c'est-à-dire le chiffre seul, sans explication théorique, la lecture et l'écriture musicale ; le chiffre et le chiffre seul les permet ; l'enseignement secondaire, c'est-à-dire le chiffre accompagné des notions théoriques, des explications si simples, si claires qui permettent d'aborder sans effroi l'étude de la portée, de passer en se jouant d'un système d'écriture à l'autre, et au besoin la déclamation musicale, c'est-à-dire le chant nuancé avec accompagnement, enfin l'enseignement supérieur c'est-à-dire la musique instrumentale et surtout l'harmonie, champ immense dans lequel

on n'entrera pas inutilement, dût-on n'y faire que
quelques pas.

Voilà ce que je serai heureux de tenter, et, je l'espère, de réaliser au Pensionnat Normal. Je ne me pose
pas en destructeur de la portée. Elle a rendu, elle rend
encore de très-grands services aux instrumentistes.
L'accabler de malédictions, la porter jusqu'aux nues
c'est être également dans le faux. Elle n'est ni une
œuvre parfaite, ni une œuvre de démon. Elle ne sera
jamais populaire. On vante son ancienneté; il faudrait
s'entendre d'abord sur le sens attaché à ce mot. Mais
fût-il complètement juste, j'y verrais une preuve de
plus à l'appui de mon assertion. Où sont les gens qui
savent, même dans les sociétés chorales, lire couramment la musique? Comptez-les; sérieusement. Que
serait-ce si je parlais des classes ouvrières? Le jour
n'est pas loin où le gouvernement, qui se préoccupe si
vivement d'instruire et surtout de moraliser les classes ouvrières, reconnaîtra qu'il a négligé jusqu'ici un
moyen excellent. En attendant, et pour notre utilité
immédiate, pour le bien de nos églises, enseignons à
nos institutrices protestantes, la portée et le chiffre,
afin qu'elles puissent instruire le riche et le pauvre.

Les mobiles de ma démarche auprès de vous, Messieurs, vous les devinez : mes convictions gallinistes,
que chaque année affermit de plus en plus, l'utilité
immédiate pour nous, protestants, enfin, je l'avoue,
le désir d'avoir un auditoire nombreux, intelligent,
à nourrir d'idées saines, justes, logiquement enchaî-
nées, en un mot des idées de nos chefs d'école. Si ces

idées vous effraient, ou si vous trouvez chez d'autres
plus de garanties, je n'ai rien à ajouter, je n'ai pas à
faire appel à votre compassion. Grâces à Dieu, ma
position est faite et bien faite; car les crises sont pas-
sées pour l'Université. J'aurai la satisfaction d'avoir
fait tout ce que je pouvais faire; et le regret de vous
voir devancés dans la voie du progrès par des églises
auxquelles vous deviez le bon exemple. Mes convictions et mes espérances n'en seront point ébranlées.
Avec vous, sans vous ou même malgré vous, si cela
était possible, comme malgré les résistances intéressées des musiciens, les idées que je défends triompheront. Ce que je me propose de faire à Nîmes, un
homme d'un courage à toute épreuve, un homme
comme on en voit peu pour l'instruction de l'enfance
et de la jeunesse, M. le pasteur Montandon, le fait à
Paris, grâce à une sage décision de son Consistoire,
qui a eu le bon esprit de le maintenir dans ses hum-
bles mais utiles fonctions. A l'époque de nos grandes
assemblées religieuses, M. Montandon invita à une
séance musicale, donnée par l'école galliniste, les pasteurs venus de tous les coins de la France. Elle a porté
ses fruits. Vous en jugerez par la lettre que m'a
adressée l'un des pasteurs de notre département que
je n'ai pas même l'honneur de connaître. Ainsi se
trouvent déjà réalisées ces paroles de M. Montandon,
écrivant à son cher professeur : « Ce qui se fera à
» l'Oratoire, on voudra sans nul doute, et on saura
» le faire ailleurs, ailleurs et encore ailleurs. »

Je me résume, Messieurs; et je demande au Consis-

toire la direction parfaitement libre de l'enseignement
musical dans son Pensionnat Normal, m'engageant à
leur enseigner la portée aussi bien que le chiffre.

Agréez, Messieurs, l'assurance de mon profond
respect.

J. CHAPTAL.

St-Jean-du-Gard, le 25 juin 1860.

« Monsieur,

« Vous m'avez demandé de vous écrire quelques
» mots sur la séance musicale donnée à Paris le 23
» avril dernier, par la société chorale de l'école Chevé,
» et à laquelle j'ai eu le plaisir d'assister. Je m'em
» presse de satisfaire à ce désir. Je regrette seulement
» de ne pas pouvoir appuyer mes appréciations sur
» des connaissances musicales plus étendues. Je ne
» puis vous parler sur ce sujet que comme un juge
» à peu près étranger à l'art, et qui n'a eu d'autres
» moyens de juger que ses facultés naturelles.

» J'ai été entièrement satisfait et même étonné de
» ce que j'ai vu et entendu dans la séance donnée par
» M. Chevé. La force de ses élèves était manifeste
» même pour les auditeurs les moins compétents. En
» les entendant on ne remarquait pas le moindre em-
» barras, la moindre hésitation. Ils chantaient avec
» tant de netteté, d'assurance et de grâce, que la
» musique semblait être devenue pour eux une langue
» naturelle. Aussi les entr'actes étaient fort courts,
» et en peu de temps nous avons entendu, avec un
» agrément soutenu, un nombre considérable de
» morceaux.

» Mais voici des preuves auxquelles tout le monde
» peut reconnaître la valeur de la méthode de M.

6

» Chevé. M. le pasteur Montandon, qui avait provoqué
» cette séance, et qui nous y avait invités, s'était fait
» suivre d'un gros paquet qu'il venait de recevoir de
» Strasbourg, et qui contenait de petits recueils de
» cantiques notés d'après la nouvelle méthode. Le pa-
» quet, fraîchement arrivé par le chemin de fer, fut
» ouvert sous nos yeux, et les exemplaires qu'il con-
» tenait distribués aux élèves. Ces derniers, à pre-
» mière vue, et sans la moindre étude préparatoire
» chantèrent en parties plusieurs des psaumes et can-
» tiques contenus dans le nouveau recueil. Et ces
» morceaux, introduits, séance tenante, furent exé-
» cutés avec autant de perfection que ceux qui avaient
» été préparés.

» Ce qui nous étonna aussi, ce furent les exercices
» de dictée. Le professeur vocalisait, et les élèves
» écrivaient immédiatement les notes. Après avoir
» écrit ainsi les morceaux dictés ils les chantaient sans
» paraître éprouver la moindre peine. — Ces résul-
» tats sont d'autant plus merveilleux que la société
» chorale de l'école Chevé se compose de simples
» ouvriers.

» Je répèterai ici ce que j'ai eu l'honneur de dire
» personnellement à M. Chevé : c'est que je fais des
» vœux pour que l'œuvre à laquelle il s'est consacré
» avec tant de dévouement soit de plus en plus appré-
» ciée, et sa méthode généralement acceptée C'est
» une œuvre essentiellement protestante. La tendance
» du protestantisme c'est, en effet, de *vulgariser* la
» science et les arts. Tout ce qui les isole et arrête leur

» diffusion, que ce soit une caste, ou une langue in-
» connue des masses, ou des signes plus ou moins in-
» déchiffrables, doit être considéré par nous comme
» une barrière à renverser. Quand une main hardie et
» généreuse s'attaque à quelqu'une de ces antiques
» barrières, c'est notre devoir non-seulement d'applau-
» dir, mais de seconder la nouvelle réforme quand
» elle a suffisamment fait ses preuves et bien établi
» sa valeur. Luther, qui traduisit la bible en langue
» vulgaire, n'aurait pas manqué d'encourager et d'ap-
» puyer de l'autorité de son nom celui qui aurait tra-
» duit également en langue vulgaire cet art dont il
» faisait tant de cas.

» Il y a ici plus qu'une distraction nouvelle à pro-
» curer au peuple, il y a un moyen de moralisation.
» L'âme humaine est une ; donnez-lui l'éveil n'im-
» porte par lequel de ses beaux côtés, l'impulsion se
» communiquera à tout le reste. Développez le senti-
» ment esthétique, et l'intelligence, le sens moral,
» tout y gagnera. Nous avons tous senti l'étroite
» affinité qu'il y a entre nos facultés esthétiques
» et le sentiment religieux. Les anciens prophètes
» avaient parfois recours à la musique pour préparer
» leurs âmes à s'ouvrir aux influences de l'Esprit divin,
» 2 Rois 5, 15 — 1 Sam 10, 5. C'est donc rendre un
» important service aux masses que de répandre
» parmi elles la connaissance de la musique. Que n'a-
» vons-nous pas à y gagner aussi pour notre culte si
» défectueux sous ce rapport !

» Du moment qu'on est convaincu à ce point que

» telle ou telle œuvre serait un grand service à rendre,
» il n'y a qu'une chose à faire, c'est d'y mettre immé-
» diatement les mains quand on le peut. C'est ce que
» nous sommes décidés à faire à St-Jean-du-Gard. Nous
» allons commencer dès ce soir des leçons de musique
» d'après la méthode Chevé. Nous avons pour cela une
» école toute prête, c'est notre école du dimanche qui
» se compose de quatre-cent-cinquante enfants. Je
» désirerais qu'on en fît autant dans toutes nos églises
» protestantes. Les expériences déjà faites, permet-
» tent, à tous ceux qui veulent se mettre à l'œuvre,
» d'espérer des succès aussi assurés que prochains.

Agréez mes fraternelles salutations,

L. SALTET, *pasteur.*

J'ai imprimé le rapport précédent tel qu'il a été adressé aux membres du Consistoire. Quelques amis m'ont fait à ce sujet des observations inspirées par l'intérêt qu'ils me portent. Je ne trouve pourtant pas un seul mot à supprimer. Je ne pensais nullement à rédiger ce rapport, quand j'ai terminé mon cours. Mais M. Mouturat partant, je ne pouvais pas laisser échapper une aussi belle occasion de propager les idées de mes maîtres. J'ai pris la plume, et comme les résultats, quoique satisfaisants, n'étaient pas tout ce que j'avais espéré, comme je tenais à prouver que la faute en était non à la méthode, mais aux circonstances, j'ai raconté tout ce qui s'était passé. Il n'y a pas un mot qui ne soit vrai. En vérité, je ne pouvais pas rendre le Consistoire responsable d'une opinion

qu'il n'avait pas discutée. Alors se sont présentées des personnalités fâcheuses, j'en conviens, mais inévitables. Je me suis efforcé de les adoucir, ne citant jamais de nom propre quand je croyais avoir un reproche à faire. « Si malgré ces précautions, dirai-je avec le
» comte Sollohul, quelques-unes de mes paroles ont
» paru un peu vives à mes honorables antagonistes,
» j'espère qu'ils voudront bien me les pardonner. J'ai
» écrit avec conviction, et j'ai expérimenté sur moi-
» même combien la conviction peut animer même
» l'homme le plus désintéressé. Il était non-seulement
» de ma conviction, il était de mon devoir de faire
» ce que j'ai fait. »

On m'a fait aussi un autre reproche. Il est maladroit de dire ainsi toute la vérité et surtout de faire imprimer un pareil rapport. Je ne partage pas cette opinion ; et voici mes raisons :

Tous les corps officiels sont, par nature, routiniers. Prenez trente hommes amis du progrès, formez-en une assemblée politique ou religieuse. Joignez-y seulement trois hommes un peu influents ; instruits, riches (ce qui ne gâte rien), mais ayant en horreur tout ce qui est nouveau. Avant peu de temps ces hommes se feront dans cette assemblée un parti, une coterie. Bientôt tel votera avec eux par faiblesse, puis par habitude, tel autre par paresse d'esprit ; tel autre enfin pour ne pas leur faire de la peine. Voilà votre assemblée décidément opposée à toute nouveauté. A ce mal quel remède opposer ? La publicité des délibérations. Lorsqu'un homme sait que ces discours seront lus et com-

mentés par tous ses mandataires, il y regarde à deux
fois avant de parler ; ses collègues avant d'accepter par
leur vote la responsabilité de ses opinions , y regardent à deux fois. Je suis convaincu qu'une réforme
dans ce sens amènerait de grands progrès dans nos
églises. Pour le moment les délibérations de nos consistoires n'ont pas cette publicité réclamée déjà par
d'excellents esprits. Les laïques peuvent et doivent
suppléer à ce manque de publicité. Veulent-ils faire à
quelque consistoire une proposition qui touche aux
plus grands intérêts des églises, et qui soit d'une utilité générale, qu'ils fassent imprimer leur requête avec
les pièces à l'appui. Elle ne peut pas manquer d'être
sérieusement examinée, car les juges sauront que leur
arrêt peut être cassé par l'opinion publique. C'est pour
la mettre de mon côté que j'ai publié ce rapport.
J'avais encore un autre motif. Il est fort possible que
le consistoire de Nîmes refuse mes services. Nul n'est
prophète en son pays. Que m'importe? D'autres consistoires liront ce rapport. Notre Église n'a jamais
manqué d'hommes de dévoûment prêts à tenter toutes
les bonnes œuvres. Des laïques et des pasteurs, auprès
et au loin, seront convaincus, se mettront à l'œuvre,
obtiendront de bons résultats; et ainsi se réalisera
cette prophétie que l'on a trouvée maladroite et or-
gueilleuse : « Avec vous, sans vous ou même malgré
» vous, si cela était possible, comme malgré les ré-
» sistances intéressées des musiciens, les idées que
» je défends triompheront. »
Le rapport qui précède m'a valu aussi quelques en-

couragements. Au premier rang je dois placer la lettre suivante que m'a adressée M. Pellet, homme très-compétent, parfaitement connu et apprécié dans Nimes. En m'autorisant à rendre publique une lettre qui n'était, dans sa première pensée, qu'un encouragement, il a fait un acte de courage et une bonne action. Oui, il y a du courage pour un néophyte, professeur de musique, à dire ainsi tout haut son opinion, à déployer son drapeau.

LETTRE A M. CHAPTAL.

———

MONSIEUR,

J'ai lu avec le plus vif intérêt le rapport que vous avez fait sur votre cours de musique vocale par la méthode Galin-Paris-Chevé.

Mieux que beaucoup d'autres je puis la juger. Depuis déjà longues années, j'enseigne la musique; depuis quelques mois seulement j'ai mis à l'essai la méthode nouvelle. — La méthode ancienne appliquée aux adultes des écoles de la ville de Nîmes, n'a jamais rien produit, malgré le zèle et la capacité des professeurs qui m'ont précédé. Je n'ai pas été plus heureux que mes devanciers. Découragé, ne sachant à quel saint me vouer, je me hasardai à adopter la méthode Galiniste. Les résultats rapides, décisifs, inespérés que j'obtins, me décidèrent à étudier sérieusement

6

cette méthode, et de cet examen est résulté pour moi la conviction qu'elle seule permet d'apprendre la musique aux masses et de former rapidement des lecteurs parmi les classes ouvrières. Sûreté d'intonation, attaques franches, mesure nette, décidée, voilà ce qu'on obtient d'élèves un peu assidus, en quelques mois d'étude et d'étude *amusante*. J'insiste sur ce mot par ce que j'ai été frappé de ce fait, que les exercices sont pour les élèves une récréation. L'étude de la musique, rendue amusante, cela vaut les plus magnifiques prospectus.

Permettez-moi de dire tout ce que je pense. J'ignorais que vous eussiez demandé à compter parmi vos élèves le pensionnat normal; et quoique cela ne me regarde nullement, je me permettrai de dire combien je regrette qu'il ne vous ait pas été confié. — Je laisse de côté l'intérêt général pour ne m'occuper que de l'intérêt particulier des jeunes filles, qui ont été privées de vos leçons. Elles auront peut-être à enseigner la musique. Que de déboires vous leur eussiez évités. Tôt ou tard elles seront amenées à étudier la méthode nouvelle. Elles auront, comme moi, à l'étudier seules, sans secours étranger, dans quelque village éloigné. Elles le feront par désir de se rendre utiles. Mais quel avantage immense il y aurait eu pour elles à recevoir vos leçons, vous qui avez reçu directement les enseignements de M. Chevé, à l'Ecole Normale Supérieure, et qui avez acquis par vos fonctions l'habitude de transmettre vos idées aux autres? Peut-être vous arrivera t-il de voir votre désintéressement

méconnu ? Peut-être vous accusera-t-on de faire, par
vos cours, une concurrence à des hommes honorables
qui trouvent, dans l'enseignement de la musique, le
pain de leurs familles ? Il n'en est rien. En répandant
la nouvelle méthode, vous augmentez le nombre des
élèves qui apprennent la musique ; en forçant les professeurs à l'examiner, vous protégez leur poitrine,
et s'ils ont du zèle, vous sauvez peut-être leur santé.

Le gouvernement de l'Empereur favorise partout la
création et le développement des Orphéons. Constamment des concours les tiennent en haleine. Qu'ils seraient bien plus beaux, ces concours artistiques, qu'ils
répondraient mieux aux vues de l'Empereur, si les
chefs d'Orphéons pouvaient y conduire des lecteurs,
non des automates. Nous atteindrons ce résultat,
vous en êtes convaincu comme moi. Vous n'avez pas
besoin qu'on vous crie : courage ; mais permettez-moi
de vous dire : comptez sur moi, sur mon concours
dévoué ; marchez, je vous suivrai ; l'avenir de la musique populaire est là.

Tout à vous,

A. PELLET.

Directeur de l'Orphéon, professeur de
musique aux écoles de la ville et
organiste à St.-Paul.

Je suis d'autant plus heureux de cette franche profession de foi, faite publiquement par M. Pellet, qu'il a prouvé largement, dans la direction de l'Orphéon nimois, qu'il était artiste et homme de goût. Or, il faut bien le reconnaître, ceux qui enseignent la musique par la méthode Galin-Paris-Chevé, sont rarement des artistes. Moi-même je me déclare incapable de conduire mes élèves à ce fini d'exécution que l'on admire dans les chœurs dirigés par M. Pellet. Partout où le pédagogue pourra s'adjoindre un artiste, la cause du chiffre sera gagnée. — On ne pourra plus accuser ces novateurs de ne pas sentir la musique et de vouloir détruire la portée. M. Pellet est un des rares professeurs qui, par l'ancien système d'enseignement, ont obtenu, non pas, il est vrai, avec des adultes, mais avec une école de jeunes enfants, des

résultats satisfaisants et même à mon avis étonnant.
Ces résultats, je les ai constatés moi-même. Ceux qui
en sont les témoins, ou les juges bien souvent ne se
doutent pas des efforts patients, constants, qu'il a
fallu pour y arriver. Aussi ne leur rendent-ils qu'une
justice imparfaite. Pour moi, qui les connais, j'affirme hardiment que si M. Pellet a réussi c'est malgré la méthode ancienne, grâce au don qu'il a d'en-
flammer ses élèves et de s'acquérir leur sympathie,
laquelle est, pour le professeur, la meilleure garan-
tie qu'ils feront tous leurs efforts. Je n'hésite pas à
dire, sans crainte d'être démenti par M. Pellet, que
s'il lui fallait maintenir son enseignement à cette
hauteur, par les mêmes moyens, il y perdrait la vie
en moins de dix ans. Ces beaux résultats, il les obtient maintenant, il les obtiendra toujours, sans les
payer aussi cher, par la méthode Galin-Paris-Chevé.

Après les encouragements directs sont venus les
encouragements indirects. Ils ont aussi leur valeur.
Ainsi, peu de jours après l'impression de mon rapport, M. Frédéric Nicot, avocat, membre de la commission de surveillance des écoles communales pour
le chant, dans son rapport à la distribution solennelle
des prix, rendait un témoignage public à l'excellence
de la méthode, Galin-Paris-Chevé. « En examinant avec
» attention la classe des adultes, a dit le rapporteur, la
» commission a pu facilement se convaincre de l'excel-
» lence des exercices donnés par la méthode Galin-
» Paris-Chevé, et surtout de la supériorité écrasante de
» cette méthode sur toutes les autres au point de vue

» du rhythme (1). » Pour ceux qui connaissent M. Frédéric Nicot, ce témoignage est précieux. Il fut, en 1857,
l'un des adversaires les plus énergiques de M. Aimé
Paris ; il commence à brûler ce qu'il adorait; encore
un peu de temps et il adorera ce qu'il voulait brûler.
Je trouve plaisir à constater que le bon sens finit toujours par triompher de la routine.

M. Frédéric Nicot annonça aux pères de famille
qu'un petit conservatoire allait être formé à Nîmes et
qu'à l'avenir les enfants qui se seraient rendus, par leur
bonne conduite et leur aptitude, dignes des suffrages
de la commission, recevraient, après avoir terminé
leurs études vocales, un enseignement instrumental
afin de pouvoir, plus tard, ajouter à leur bien-être en
utilisant fructueusement les heures de la soirée que
leur travail leur laissera de libres. Sur douze élèves,
noyau de ce conservatoire futur (peut-être mort-né)
M. Mouturat, avec la méthode Wilhem en fournit un ;
M. Marteau, un, et M. Pellet, dix. Dix sur douze.
Concluez, ami lecteur.

A la même époque, M. le pasteur Montandon dont
le nom est déjà bien connu de mes lecteurs, adressait
à M. Chevé une lettre pleine d'intérêt. M. Montandon
exerce ses nombreux élèves, à chanter pendant une
demi-heure, chaque dimanche, un petit recueil de
chants qu'il a publiés lui-même (notation chiffrée).
Après vingt ou vingt-cinq séances d'une demi-heu e
ou trois quarts d'heure consacrées à cet exercice, et

(1) *Courrier du Gard*; samedi 25 août 1860.

sans notion théorique , voici les résultats qu'il a eu
le bonheur de constater, le 12 août 1860 , sur un certain nombre de ses élèves.

« J'avais annoncé à mon petit auditoire , écrit
» M. Montandon , que bientôt allait paraître un nou-
» veau recueil de chants — musique en chiffres — qui
» n'était pas expressément composé pour la jeune
» troupe que je conduis , mais qui lui convenait
» comme à d'autres, et qui, à coup sûr, lui ferait
» plaisir. Je promettais, en même temps , un exem-
» plaire du nouveau recueil — comme récompense et
» encouragement — à ceux de mes enfants qui chan-
» teraient à livre ouvert, dans le premier recueil,
» composé de *cent* morceaux , tel chant qu'il me
» plairait de leur indiquer.

» Avant-hier, dimanche, le nouveau recueil était
» arrivé ; je l'ai donc présenté à ma jeune famille, et
» j'ai invité à l'épreuve quiconque aspirait à en avoir
» un exemplaire comme prix.

» Au premier moment, nulle réponse. Il a donc
» fallu nous livrer simplement à notre exercice ordi-
» naire ; l'assemblée, d'ailleurs , n'était pas encore
» formée. Mais, peu après, un aspirant s'est levé —
» un des plus jeunes — et c'était une petite fille. Elle
» a lu, et bien lu, le chant que j'ai désigné ; elle a
» donc eu son exemplaire. La glace était brisée. Un
» deuxième, un troisième.... un sixième aspirant se
» sont offerts ; jeunes garçons et jeunes filles ; ce n'é-
» tait plus les candidats qui manquaient, c'était le
» temps de les examiner. J'ai examiné et récompensé,

» l'un après l'autre, tous ceux qui en ont exprimé le
» désir, jusqu'au moment où l'heure nous a contraints
» de renvoyer la suite à une prochaine occasion.

» Et notez bien, Monsieur et cher Professeur, que
» l'épreuve était, non seulement sincère (cela ne se met
» pas en doute), mais sérieuse. Je prenais au hasard,
» — à livre ouvert, — à moins que la page qui tom-
» bait sous mes yeux, ne me parût trop facile, ou
» déjà connue. Mais j'appelais tous les autres enfants
» témoins de l'expérience, à indiquer eux-mêmes les
» chants qu'ils pouvaient croire les moins faciles et les
» moins connus. Mais encore, quand la première par-
» tie du chant était exécutée, *je demandais qu'on chan-*
» *tât la seconde*, ou partie d'accompagnement. Bien
» mieux, l'air étant chanté dans son vrai chant, *je le*
» *faisais chanter ensuite à rebours*. Et cet exercice
» d'un genre fort imprévu, et qui, je crois, défie et
» brise toutes les routines, *a eu un succès merveil-*
» *leux*, non seulement parmi nos enfants; mais aussi
» auprès des parents et autres fidèles, qui assistaient,
» en assez grand nombre, à cette petite fête improvisée.

» Ne croyez pas, cher Professeur, que je veuille
» vanter, outre mesure, le savoir et l'habileté acquis
» par mes chanteurs en herbe. Mais c'est de l'herbe
» qui pousse, et de laquelle on peut dire avec assu-
» rance et avec joie : voilà du blé !

» Et nous ne faisons que de commencer, et nous
» avons eu le temps à peine de faire concevoir à nos
» élèves l'ambition, si peu en rapport avec les *us* et
» *coutumes* du temps, de lire couramment toute musi-

» que simple, à l'école du dimanche, ou ailleurs,
» comme on lit une histoire, un discours, une pièce
» de vers.

» Non, nos enfants ne sont encore que des enfants
» en musique; de fait, des apprentis : mais ils sont
» sur la voie; ils en auront bientôt la conscience. Ils
» voudront, ils oseront, ils sauront, ce que jamais
» ils n'auraient eu même l'idée, à plus forte raison la
» prétention de savoir, en musique, avec les anciens
» procédés.

Vous le voyez, ami lecteur, partout les mêmes résultats : à Paris et dans la Province, avec des filles ou
avec des garçons, des enfants ou des hommes faits.
Un arbre qui produit de tels fruits, doit-il être coupé
et jeté au feu? Vous ne le pensez pas, et je suis sûr
que vous lirez avec plaisir quelques passages d'une
lettre toute récente de l'infatigable M. Montandon.
Profitant de quelques jours de liberté, il fait un rapide voyage en Normandie :

« J'avais à cœur, écrit-il à M. Chevé, de profiter
» de mon passage à Rouen, pour constater par mes
» propres observations les résultats positifs que donne,
» parmi les enfants des Ecoles primaires, l'enseigne-
» ment de la musique d'après votre méthode, officiel-
» lement admise et pratiquée dans les Ecoles com-
» munales de cette ville. Je suis malheureusement
» arrivé quelques jours trop tard; on entrait en va-
» cances. Mais, à défaut des élèves rassemblés, j'ai
» voulu voir leur professeur de chant, M. Paumier,
» pour me renseigner auprès de lui, et je lui ai posé

» la question : » Parvenez-vous à enseigner à vos
» enfants à lire une mélodie, à première vue, comme
» on lit une histoire ou une pièce de vers ? » Je ne
» saurais vous dire, cher professeur, l'expression de
» candeur, de conviction et de jouissance intime s'é-
» panouissant dans ce sourire qui illumina soudaine-
» ment le visage de M. Paumier, et fut, pendant
» un instant, son unique réponse. Puis il me ra-
» conta avec simplicité comment il obtient des suc-
» cès qui ne sont pas avoués et reconnus par tout le
» monde, parce qu'il y a toujours des gens à parti-
» pris, résolus à ne rien voir et à ne rien entendre,
» mais des succès qui ne craignent aucun examen, ne
» déclinent aucun contrôle, ne se refusent à aucune
» comparaison ni à aucune concurrence; de telle sorte
» que ce serait une joie pour le professeur de voir ap-
» peler ses élèves, enfants des écoles primaires, au con-
» cours avec des adultes, des élèves des écoles nor-
» males ou de telle autre institution où la musique
» est enseignée avec le plus grand soin par l'ancienne
» méthode. »

De Rouen il se rendit à Dieppe. Là, il connaît « une
» maison d'éducation des plus recommandables par
» son esprit, des plus distinguées par le choix des
» méthodes et la bonne direction de l'enseignement.
» Je m'y arrête, et je demande si on y fait quel-
» que estime de la musique en chiffres. — La mu-
» sique en chiffres, qu'est-ce que cela, me dit-on ? —
» On n'en savait pas le premier mot; on n'en avait
» pas entendu parler. Et cependant, depuis onze ans.

» la méthode Galin-Paris-Chevé est adoptée par la
» ville de Rouen pour ses écoles communales ! Il me
» fallut donc dire en quelques mots le principe fon-
» damental de la méthode, et les immenses avantages
» qui résultent de l'emploi d'une seule langue pour re-
» présenter, dans toutes les situations possibles, dans
» tous les tons, les mêmes caractères essentiels des
» rapports des sons musicaux. Et à peine avais-je fini
» cet exposé de quelques minutes, que les jeunes
» personnes dont j'étais entouré, et aux mains des-
» quelles je remis des exemplaires d'un volume de
» musique en chiffres, pour une vérification à faire
» des définitions que je venais de donner, se mirent à
» exécuter couramment et sans faute les premiers airs
» de ce recueil. C'était un étonnement et un ravisse-
» ment incomparables. — On me demanda de répéter
» deux jours après, dans une assemblée convoquée à
» cette intention, le sommaire exposé de la méthode.

» A cette réunion fut invité, notamment, le pro-
» fesseur de musique de l'institution, artiste de mé-
» rite, qui devait bien avoir quelque chose à dire contre
» une nouvelle méthode. Je me prêtai avec empresse-
» ment au désir qu'on me témoignait ; les objections
» furent provoquées, écoutées, discutées ; et le résultat
» fut qu'on se décida avec un véritable enthousiasme
» à introduire l'enseignement de la musique en chif-
» fres non-seulement dans l'institution, mais encore
» dans les écoles primaires, écoles de la semaine, école
» du dimanche, sur lesquelles peut s'étendre l'action
» et l'influence des personnes présentes à la réunion.

» Heureusement, j'avais le moyen de pourvoir l'ins-
» titution et les écoles des livres nécessaires, non-
» seulement pour l'étude, mais encore pour la prati-
» que du chant. Je vous fis demander, monsieur et
» cher professeur, l'envoi de quelques exemplaires de
» votre *méthode* : et je fis venir en même temps *cent*
exemplaires de l'un des Recueils de chants, avec musi-
» que en chiffres, que j'ai publiés récemment.

» Il est bien entendu que l'étude de la musique sur
» la portée, cultivée précédemment dans l'institution
» avec tout le succès que comporte ce genre d'étude,
» ne sera point abandonnée pour cela. On compte
» bien, au contraire que la musique en chiffres aidera
» beaucoup aux progrès dans la musique sur portée.
» Ce sera une réponse de fait à l'une des objections les
» plus ordinaires que les partisans de l'ancien systè-
» me font à la notation nouvelle, faute de s'en faire
» une juste idée.

» Voilà, monsieur et cher professeur, une conquête
» partielle qui, j'espère vous fera plaisir. Je la regarde
» comme importante, par la manière si soudaine et
» si complète dont elle s'est opérée. C'est la force de
» l'évidence; l'exposition de la méthode seule qui a
» vaincu. *Veni, vidi vici.* »

Quelque position que vous occupiez, ami lecteur,
vous pouvez faire beaucoup de bien sans beaucoup
de peine. Voici venir l'hiver avec ses longues soirées.
N'avez-vous pas des enfants ou des neveux? Ensei-
gnez-leur la musique. Invitez à ces leçons quelques
enfants du même âge, choisis de préférence parmi les

pauvres. Pour le moment vous les préserverez du froid, peut-être de mauvais exemples; plus tard ils vous béniront de leur avoir ouvert une source de douces et pures distractions. L'émulation hâtera les progrès de vos enfants qui apprendront en même temps à aimer ceux que la fortune a moins favorisés.

Mais vous voilà suffisamment ennuyé de ma prose et de mes sermons. Ne voulant pas vous quitter sous cette fâcheuse impression, j'ai gardé pour la fin un feuilleton de M. Edmond About. Il est superflu d'en faire l'éloge. Le pavillon garantit la marchandise. Qu'il reçoive ici avec M. Azevedo, l'hommage de ma vive gratitude pour l'honneur qu'ils me font, en m'autorisant à reproduire leurs feuilletons.

LETTRES

BON JEUNE HOMME

A SA COUSINE MADELEINE.

———○○¦○¦○○———

X

LES APOTRES ET LES AUGURES DE LA MUSIQUE.

———

L'auteur avoue son ignorance. — Peu de Français sont capables de lire la musique. — C'est un malheur. — L'art et la civilisation. — La fable d'Orphée. — Orphée, où es-tu? — Utopie. — On me réfute. — Je rencontre le petit Maréchal, de Quévilly. — Il m'entraîne à l'Ecole de médecine. — La musique peut se lire, s'écrire et s'imprimer aussi facilement que la prose. — Méthode Galin-Paris-Chevé. — J'assiste à une réunion de la société chorale et je vois des miracles. — Lecture à première vue. — Dictée musicale. — Mon admiration et mes espérances. — Maréchal m'apprend qu'il y a des augures. — Je me flatte que les apôtres prendront le dessus.

Ma chère cousine,

Je ne sais pas lire la musique, ni toi non plus. Cependant nous avons été élevés comme tout le monde; nous lisons couramment dans les livres et les manuscrits; nous écrivons même au besoin, sans pécher contre les lois de la grammaire. Mais nous ne saurions ni lire ni écrire la belle petite mélodie que Lulli improvisa jadis sur ces paroles :

> Au clair de la lune,
> Mon ami Pierrot!

L'empereur Napoléon III règne sur trente-six millions d'animaux à deux pieds sans plumes. Il y a, dans le nombre, plusieurs millions de personnes plus ou moins lettrées, capables de déchiffrer à première vue une page de Télémaque. Il n'y a pas en tout cent mille Français assez érudits pour lire la musique de *Mon ami Pierrot*, sur une portée de cinq lignes, et j'en suis bien fâché.

Certes, nous sommes heureux de savoir lire et puiser les idées dans un livre comme on prend l'eau à la rivière. Je me réjouis fort à l'idée que dans cinquante ou soixante ans, tous les citoyens de notre pays seront assez lettrés pour lire la constitution, le code et quelque bon traité de morale. Les livres d'histoire, de physique et de mathématiques s'imprimeront à deux ou trois millions d'exemplaires. Tous les hommes sauront parler de tout sans avancer des sottises trop lourdes ; ils seront tous plus ou moins capables de toucher aux affaires publiques, et le suffrage universel ne ressemblera plus à une loterie. Voilà, si je ne m'abuse, un avenir agréable et honorable, et j'aime à reposer mes yeux sur cet horizon prochain.

Mais j'aimerais aussi que la vie de notre grand peuple fût assaisonnée de quelques douceurs. Les arts ne sont pas seulement l'ornement de la société, le dessert

de la civilisation, le couronnement d'une instruction
publique bien réglée. Ces plaisirs délicats, inutiles et
pour ainsi dire oisifs, ont été pour bien des gens le
commencement de la vie intellectuelle. Rappelle-toi,
cousine, la fable poétique d'Orphée. Les hommes
demi-nus vivaient dans des tanières, comme des animaux. Ils s'égorgeaient entre eux sous les prétextes les
plus frivoles ; ils dévoraient brutalement tout ce qui
leur tombait sous la main. Survient un demi-dieu,
armé de sa lyre. Il chante et la nature entière s'arrête
pour l'écouter. Ce langage vague et doux, ces pensées
diffuses et comme noyées dans un flot d'harmonie
apaisent insensiblement la turbulence des passions.
L'homme ne comprend pas encore, mais il est ému,
charmé ; le cœur bat, l'esprit s'ouvre. Bientôt, du sein
des ondes sonores qui frissonnent autour de la lyre,
s'élève un chant plus clair, plus net et plus précis :
la poésie. La pensée prend un corps, l'esprit des hommes démêle les vérités qui bourdonnaient confusément
à leurs oreilles. Et quand l'auditoire dompté est venu
s'asseoir en rond autour du poète, quand les ennemis d'hier s'appuient l'un contre l'autre pour mieux
entendre, quand les regards adoucis n'expriment plus
qu'une innocente curiosité, le chantre dépose sa lyre,
le poète brise le rhythme cadencé de ses vers, il s'as-
sied au milieu des hommes et leur dit en prose : cau-
sons !

Au sortir de ces entretiens, les élèves d'Orphée s'en
allaient semer du blé et construire des villes.

Nous avons autant de blé qu'il en faut, et de villes

7

plus qu'il n'en faut. Cependant, ma chère cousine, la France aurait bon besoin de quelques Orphées. La civilisation doublerait le pas, si quelques artistes convaincus, passionnés, endiablés comme le chantre de Thrace, prenaient le peuple par les oreilles et l'entraînaient dans le bon chemin. Les livres font grand bien, mais ils ne sauraient tout faire. Passé un certain âge, l'homme qui n'a pas appris l'A B C dans son enfance, y renonce pour toujours. Il y a dans Paris même plus de cent mille sauvages illettrés qui boivent du vin bleu tous les lundis et quelquefois se mangent le nez au dessert. On trouve ça et là dans les campagnes de véritables brutes que le maître d'école n'apprivoisera jamais. Un maître de musique serait plus heureux, j'en réponds. La musique adoucit les mœurs : c'est une banalité qu'on ne saurait trop redire. Un dilettante sincère est presque toujours doux et bonhomme. Celui qui s'est pâmé d'aise une fois dans sa vie en écoutant Mozart et Rossini ne mangera le nez de personne. Orphée, où es-tu ?

Je me trouvais ces jours derniers dans le cabinet d'un homme d'État qui m'honore d'un peu d'amitié. C'est une Excellence fort gracieuse et fort instruite, et passionnément éprise du progrès. Je m'enhardis au point de dire que si j'avais le pouvoir en main, j'obligerais toute la nation à savoir la musique.

Mon illustre interlocuteur me répondit fort sagement : que la musique était un art plus ardu et plus hérissé que toutes les sciences. Lui-même avait essayé de l'apprendre, et il avait reculé devant les difficultés de la simple lecture. Cette portée de cinq lignes, ces clés, ces mouvements, cette multitude de signes hiérogly- phiques, tout le grimoire enfin lui avait fait peur, ainsi qu'à moi et à tant d'autres. « Il faudrait, me dit- il, que la musique fût aussi lisible que l'écriture, et qu'on pût l'imprimer au même prix. A ces conditions, le peuple apprendrait à chanter comme il apprend à lire. »

Je rentrai en moi-même et je me rappelai la terreur qui m'avait saisi il y a quelques années, lorsque j'ou- vris pour la première fois une méthode de musique. Ce n'était pas une méthode à proprement parler, mais un recueil d'exercices variés, sans aucun mélange de théorie. La plupart des professeurs affirment hardi- ment qu'un apprenti musicien n'a pas besoin de savoir ce qu'il fait, et qu'on arrive à exécuter et même à composer des chefs-d'œuvre par la force de l'habitude. Mais l'habitude me paraît difficile à contracter, et je demeurai convaincu que la musique était faite pour une aristocratie de cent mille personnes. Je pensai à part moi que c'était grand dommage, et que la civili- sation y perdait.

Mais voici bien une autre affaire. Le même jour, c'est-à-dire jeudi soir, je tombai sur un de nos an- ciens camarades d'école, le petit Maréchal de Quevilly. Il habite Paris depuis un an, et il étudie la peinture. Fort occupé, comme tu penses : il peint des fonds de tableaux pour gagner sa vie, et il travaille à son ins- truction toutes les fois qu'il n'y a pas de fonds à pein- dre dans l'atelier.

— Comme te voilà beau! lui dis-je en l'arrêtant.
Es-tu de noce?

— Pas précisément, répondit-il; mais la soirée
sera bonne. Je vais à l'École de médecine faire un peu
de musique.

— Toi!

— Moi-même.

— Tu es musicien?

— Dame!

— Mais tu ne savais pas tes notes l'an passé!

— J'ai appris.

— En un an?

— En trois mois.

— Et de quel instrument joues-tu?

— Du seul qui ne coûte rien. Du gosier.

— Farceur! Tu avais la voix aussi fausse que moi,
s'il est possible!

Il n'y a pas de voix fausses. Mais si tu es curieux
de m'entendre chanter, viens. On commence à neuf
heures précises, et nous n'avons que le temps.

Il me saisit par le bras, et m'entraîna vivement
jusqu'au grand amphithéâtre de l'École de médecine.
Chemin faisant, il m'apprit que la musique pouvait se
lire, s'écrire et s'imprimer aussi facilement que la
plus simple prose. Qu'un système de notation en chiffres inventé par J.-J. Rousseau, avait été perfectionné
au dix-neuvième siècle par M. Galin, puis par M. Aimé Paris, et finalement par M. et Mme Emile Chevé;
que tous les morceaux de chant, sans aucune exception, pouvaient être mis sous une forme aussi claire,

aussi limpide, aussi courante qu'une fable de Lafon-
taine, sans croches ni doubles croches, ni portée de
cinq lignes, ni clés de fa, ni dièzes, ni bémols, ni
bécarres, ni silences, ni soupirs, ni aucun de ces signes cabalistiques qui m'avaient fait si grand peur.
Il m'assura, qu'après avoir suivi quelques mois un
cours de M. Emile Chevé, il était capable de lire une
page de Mozart ou de Félicien David, pourvu qu'elle
fût écrite en chiffres. Il se vantait même d'écrire correctement tel air qu'il me plairait de chanter devant lui.

Il ne se vantait pas, le drôle! Mais je n'eus garde de le
croire sur parole, et je le suivis dans le grand amphithéâtre de l'école en murmurant : nous verrons bien !

La salle peut contenir un millier de personnes. Elle
était pleine. Deux cordes tendues séparaient les exécutants des auditeurs. Il y avait quelque chose comme
trois cents voix et sept cents paires d'oreilles.

L'ami Maréchal m'avertit que je n'assistais pas à
une leçon, mais à une séance de la société chorale fon-
dée, sous la direction de M. Emile Chevé, par les anciens élèves de son cours. Chacun des sociétaires apporte tous les mois une cotisation de cinq sous, pour
l'impression des morceaux de musique. Moyennant ce
faible sacrifice, il se compose une bibliothèque de
musique chiffrée. De plus, il a le droit d'assister à
tous les concerts, en compagnie de deux amis. C'est
moins cher qu'au Théâtre Italien.

Ce qui me frappa dès l'abord, c'est l'absence de la
police. Pas un sergent de ville pour surveiller cette
réunion de mille personnes. Les exécutants n'étaient pas

tous du même sexe. Il y avait des chanteuses en robe
de mérinos, et quelques-unes vraiment jolies : on leur
faisait place avec les marques du plus profond respect.
Les chanteurs, les chanteuses et l'auditoire étaient
recrutés, à ce qu'il me parut, dans la classe ouvrière.
J'ai su depuis que certains ingénieurs de l'Ecole polytechnique et un maître de conférences de l'Ecole normale s'asseyaient pêle-mêle au milieu de ces artisans.
Tout le monde avait fait toilette; l'attitude de la foule
était plus que décente : il semblait que ces mille personnes fussent sous l'influence d'une sorte de religion.
Evidemment, Orphée avait passé par là.

Neuf heures sonnèrent. Un beau vieillard entra dans
l'hémicycle. La foule se leva, et applaudit de toutes
ses mains. Cet applaudissement est la seule rétribution
des mérites et des vertus de M. Emile Chevé.

Quel homme! c'est un sage, c'est un saint, c'est un
apôtre, c'est un martyr de la musique populaire et de
la civilisation. Il était médecin; il s'est jeté à corps
perdu dans la réforme musicale. Depuis tantôt vingt
ans, il enseigne, du matin jusqu'au soir, l'hiver, l'été,
sans prendre de vacances. Sa femme, son beau-frère,
son fils, sa bru, tous les siens le devancent ou le
suivent dans le chemin que Rousseau a tracé et qu'ils
ont aplani. Ils sont pauvres, et il ne tenait qu'à eux
de s'enrichir. Leurs cours publics et gratuits ont tué
les cours particuliers qui les faisaient vivre. M. Emile
Chevé se transporte de sa personne partout où l'on
daigne ouvrir une porte à la science et à la vérité. Il
court de l'Ecole de médecine à l'Ecole polytechnique,

à l'Ecole normale, à Sainte-Barbe, sans autre intérêt que le plaisir de faire des disciples. Je dis des disciples et non des élèves; car tous ceux qui ont goûté la manne de son enseignement sont pris d'une sorte de passion pour leur admirable maître. Ils le consultent à toute occasion; ils lui confient le soin de leur santé et la direction de leurs affaires; ils lui soumettraient au besoin des cas de conscience, s'il avait le temps de les écouter. Ils l'aiment! J'ai vu un chambellan de l'empereur de Russie et un jeune employé du gouvernement français se serrer cordialement les mains, et tomber pour ainsi dire dans les bras l'un de l'autre, au seul nom de M. Emile Chevé!

Pardon, chère cousine; je voulais te raconter ce que j'ai vu et entendu le 15 décembre 1859, à neuf heures du soir.

M. Chevé salua modestement les mille disciples qui l'applaudissaient; il monta sur une table, prit un petit jonc qui lui sert à battre la mesure, et dit d'une voix fatiguée, usée éraillée, brisée par les labeurs de l'enseignement :

« Prière de Joseph... (Méhul). »

Les trois cents sociétaires ouvrirent leurs cahiers et mirent la main sur la *Prière de Joseph*, traduite en chiffres et imprimée par le procédé Galin-Paris-Chevé. Le maître tira de sa poche un diapason normal, donna le *la* à toute l'assemblée, et trois cents voix exécutèrent ce chef-d'œuvre avec un ensemble et une précision que je n'ai pas le droit de louer, n'étant qu'un âne en musique.

Je ne suis pas connaisseur, mais j'ai le sentiment du beau, puisque *Robert* me transporte, et que le *Prophète* m'ennuie. Je m'épanouis au *Barbier*, je frisonne à la *Norma*, je pétille aux *Noces de Figaro*, je baille à la *Magicienne*, je grince des dents aux symphonies hurlantes de M. Berlioz, et je me persuade que l'âne, sans avoir appris la musique, est, malgré tout, un quadrupède musical.

La soirée me parut bien courte. J'applaudis en ignorant, mais comme un ignorant ému, passionné, transporté d'admiration. J'applaudis tour à tour Méhul, Weber, Kucken, Meyerbeer, Rossini; la *Prière de Joseph*, le *Chasseur diligent*, le *jeune Conscrit*, le *rataplan des Huguenots*, la *Prière du comte Ory*. J'applaudis en riant une adorable fantaisie brodée par M. Amand Chevé sur le motif de *Malbrough*, et deux chansons du seizième siècle chantées par une jolie femme en robe de laine, qui ne portait pas un bouquet à la main!

L'ami Maréchal me dit à l'oreille que tous les exécutants, sans aucune exception, avaient commencé la musique en étudiant sur le chiffre, et que je pourrais chanter avec eux, dans quelques mois, si j'essayais de la méthode. Mais je n'étais pas convaincu. Je me demandais encore si les élèves de la vieille école ne seraient pas capables de chanter aussi bien avec un peu de mémoire et beaucoup de grimoire.

— Attends! répondit mon introducteur. On va commencer les exercices d'intonation. Ouvre les yeux et les oreilles.

M. Emile Chevé descendit de son estrade et se dirigea vers un grand tableau hérissé de chiffres. Les uns représentaient des notes naturelles, les autres des notes diézées ou bémolisées. Le maître, armé d'une longue baguette, touchait un chiffre, puis un autre, et courait capricieusement aux quatre coins du tableau. Chaque note touchée était immédiatement lue, c'est-à-dire chantée par les élèves, et cette lecture rapide, cette improvisation foudroyante dura plusieurs minutes, sans que personne en fût déconcerté. Bientôt, M. Chevé prit une seconde baguette dans la main gauche, et toucha deux notes à tout coup, de manière à former des accords. Tout le cœur le suivit sans broncher dans cette nouvelle expérience.

Maintenant, dit-il, je vais vous distribuer un chœur d'*Herculanum*, et vous le chanterez, s'il vous plaît, à première vue.

Il distribua trois cents exemplaires d'un admirable morceau de Félicien David, traduit en chiffres et imprimé suivant les principes de la méthode. Ce chœur, un des plus beaux et des plus difficiles du théâtre moderne, fut enlevé du premier coup. Peut-être les artistes de l'Opéra l'exécutent-ils avec plus de finesse et de style; mais après combien de répétitions ?

Enfin, ma chère cousine, j'assistai à une dernière épreuve; mais celle-là est si invraisemblable, que tu refuseras peut-être de me croire sur parole. M. Emile Chevé ouvrit un petit cahier, et fredonna un air qu'il venait de composer lui-même. Trois cents élèves l'écrivirent sous sa dictée, avec le mouvement, l'intonation

et la durée ; puis ils lurent à leur tour ce qu'ils avaient
écrit, et répétèrent le morceau depuis le commencement jusqu'à la fin, sans une faute ! Voilà, ma chère,
ce que j'ai vu et entendu, et je te supplie de croire que
je ne me suis pas laissé tromper par de faux miracles.

Cet excellent Maréchal me ramena chez moi après
le concert. Il jouissait de ma surprise et de mon admiration et s'applaudissait de m'avoir converti à la
réforme musicale.

— Ecoute, lui dis-je, en redescendant le pont des
Arts. Tes maîtres ont créé ou perfectionné un instrument de civilisation qui changera la face du monde.
Avant dix ans, nous n'aurons plus de barbares, ni
dans les villes, ni dans les campagnes. Du jour où la
musique est mise à la portée de tout le monde, je me
charge d'adoucir les mœurs, de fermer les cabarets,
de donner aux classes pauvres une récréation innocente, morale, salutaire entre toutes. Commençons
par faire savoir à l'univers entier qu'il suffit de quelques mois pour lire couramment Mozart et Rossini.
Supprimons ce grimoire odieux qui rend la musique
plus terrible à avaler qu'une médecine noire. Appelons
au concours les champions de la vieille méthode,
prouvons la supériorité du chiffre, bouleversons l'enseignement, prenons le Conservatoire d'assaut ; cou-
rons....

— Tout beau, Pyrrhus ! répondit-il avec un sourire
triste. La vérité ne va pas si vite en besogne. Elle est
nue et sans armes, tandis que le moindre préjugé
s'avance avec le casque et la cuirasse. Sais-tu que la

méthode Galin-Paris-Chevé lutte depuis plus de trente
ans contre l'obstination de la routine? qu'elle demande
vainement un concours, une épreuve publique, qui lui
permette d'établir sa supériorité? que ses amis les plus
puissants, car elle en a deux ou trois, se sont brisés contre une opposition injuste et intéressée? que le grimoire s'est retranché au faubourg Poissonnière dans
une forteresse imprenable? Sais-tu que les apôtres que
je t'ai montrés à l'œuvre sont en butte à une vraie
persécution? qu'on les dénigre, qu'on les injurie,
qu'on les calomnie publiquement par la plume de
quelques faquins sans pudeur? N'as-tu pas lu dans les
journaux cette lettre d'un voleur qui écrivait à ses juges : « Pardonnez-moi, messieurs. Il est vrai que
vous m'avez pris la main dans le sac, mais, j'ai dé-
nigré M. Chevé dans l'intérêt du Conservatoire et mérite par là votre indulgence! »

Je répondis à Maréchal qu'il se trompait; que nous
étions en France, au dix-neuvième siècle; que le pouvoir avait intérêt à connaître la vérité, à comparer les
méthodes, à répandre le goût des arts, à civiliser la
nation, et à protéger les honnêtes gens. J'admets
qu'une petite faction jalouse défende obstinément un
préjugé qui la fait vivre. Mais l'égoïsme de quelques augures ne prévaudra pas longtemps contre le bien public.

VALENTIN DE QUÉVILLY.

Pour copie

EDMOND ABOUT.

Nimes, imprimerie D. Roger, près l'église Saint-Paul.

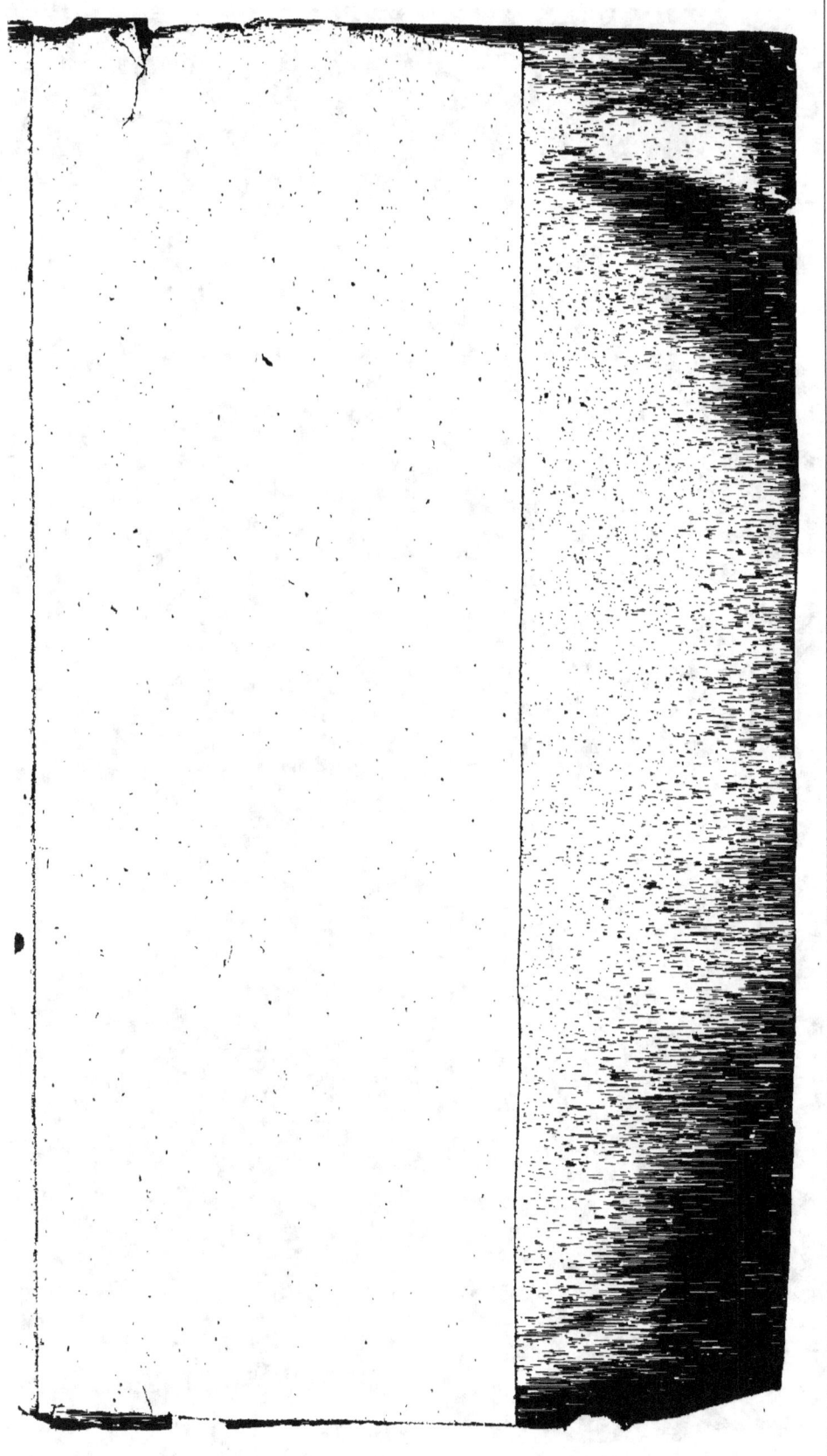

www.ingramcontent.com/pod-product-compliance
Lightning Source LLC
Chambersburg PA
CBHW051144260626
47170CB00005B/1955